Die drei !!!

Mira Sol

Die drei !!!

Kuss der Meerjungfrau

Kosmos

Umschlagillustration von Ina Biber, Gilching
Umschlaggestaltung von Friedhelm Steinen-Broo, eSTUDIO CALAMAR

Weitere Bände dieser Reihe siehe S. 157

MIX
Papier aus verantwortungsvollen Quellen
FSC® C014496

Gedruckt auf chlorfrei gebleichtem Papier

ISBN 978-3-440-15826-5
Redaktion: Natalie Friedrich
Lektorat: Claudia Müller
Produktion: DOPPELPUNKT, Stuttgart
Druck und Bindung: GGP Media GmbH, Pößneck
Printed in Germany / Imprimé en Allemagne

Die drei !!!

Kuss der Meerjungfrau

Spezial hoch drei

Kim starrte auf die handgeschriebene Karte vor sich auf dem Tisch. Sie runzelte die Stirn, studierte erneut den Inhalt und schob das Papier schließlich mit einem Ruck von sich weg. Seufzend ließ sie sich neben Franzi in die weichen Sofakissen zurückfallen.

»Was ist denn los?«, fragte ihre Freundin erstaunt.

»Ich kann es einfach nicht mehr verdrängen«, sagte Kim leise.

Franzi rappelte sich aus den Kissen hoch. »Was denn?« Sie sah Kim verständnislos an, doch kurz darauf huschte ein Lächeln über ihr Gesicht. »Dass du in David verliebt bist?«

Sofort legte Marie die Getränkekarte zur Seite und blickte Kim neugierig an.

Kim verdrehte die Augen. »Jetzt fangt bitte nicht schon wieder damit an.« Verwirrt stellte sie fest, dass ihr Herz plötzlich schneller schlug. Sie atmete tief durch.

Franzi warf Marie einen vielsagenden Blick zu. »Ich denke eben –«

»Und ich denke«, unterbrach Kim sie, »dass ich einsehen muss, dass der Sommer nun zu Ende ist.« Sie verschränkte die Arme vor der Brust. »Der *LICK* steht nicht mehr auf der Karte.«

»Ach so.« Franzi lachte. »Dass der Sommer vorbei ist, hab ich aber auch schon vorher gemerkt.« Sie deutete zu der großen Fensterfront, die das *Café Lomo* von der Straße trennte. Es regnete in Strömen und das Wasser floss in breiten Rinn-

salen die Scheiben herunter. Auf den Gehwegen hatten sich ausgedehnte Pfützen gebildet, in denen sich das erste Herbstlaub sammelte. Menschen eilten mit Regenschirmen und tief ins Gesicht gezogenen Kapuzen vorbei.
»Was für ein Mistwetter«, stellte Franzi fest. »Das einzig Gute daran ist, dass keine Pollen mehr herumfliegen und mein Heuschnupfen weg ist.«
Kim nickte. Sie freute sich wirklich für Franzi, dass die lästige Allergie verschwunden war, die sie in der letzten Zeit geplagt hatte. Aber Kim vermisste den Sommer. Sie dachte an die vergangenen Wochen, in denen die Sonne beinahe täglich von einem wolkenlosen Himmel geschienen hatte und die Temperaturen locker über die 30-Grad-Marke geklettert waren. Kim hatte mit Franzi und Marie viele Stunden im schattigen Innenhof ihres Stammcafés verbracht und bestimmt dutzende von *Lomo Iced Choc Kicks,* kurz *LICK* genannt, getrunken. Sie konnte noch ganz deutlich den Geschmack auf ihrer Zunge spüren: Das herrlich süße Aroma des eisgekühlten Kakaos mischte sich mit dem samtigen Vanilleeis und den knackigen weißen Schokoraspeln zu einem einzigartigen Genusserlebnis. Das war Sommer pur! Kim biss sich auf die Lippe. Damit war es jetzt wohl erst mal vorbei.
Marie legte ihr einen Arm um die Schulter. »Dann nehmen wir eben wieder den *Kakao Spezial.* Der ist doch auch sehr lecker!«
»Oder die neue Variante«, warf Franzi ein. Sie tippte auf die Getränkekarte. »Seht mal, es gibt jetzt einen *Spezial hoch drei.*«
»*Heiße Schokolade mit echter Vanille, Zimtmilchschaum und*

weißen Schokoschmelzkugeln«, las Marie vor. »Das klingt genial.«
Kim lächelte ihre Freundinnen an. »Ihr habt ja recht.« Sie winkte der Bedienung.
Fünf Minuten später brachte Sabrina, die schon länger im *Lomo* arbeitete und die Mädchen gut kannte, drei große dampfende Becher. Ein verführerischer Duft nach Vanille, Zimt und Kakao breitete sich aus. Kim schnupperte genießerisch.
Sabrina lächelte die Mädchen an. »Dreimal *Spezial hoch drei* für *die drei Detektivinnen!*« Sie stellte die Becher und ein Schälchen mit kleinen Kugeln aus weißer Schokolade auf den Tisch. »Und hier kommt noch ein Gruß aus der Küche«, fügte sie augenzwinkernd hinzu. Sie platzierte einen Teller mit Keksen in der Mitte des Tischs. »Lasst es euch schmecken!«
»Das ist ja nett«, rief Franzi. »Danke!«
Kim grinste. Das Gebäck – Waffelstäbchen und Orangentaler – war so angeordnet, dass es drei kleine Ausrufezeichen bildete. Sie waren das Markenzeichen des Detektivclubs, den sie vor längerer Zeit zusammen mit Franzi und Marie gegründet hatte. Bei dem Gedanken daran hellte sich Kims Laune weiter auf: Genau hier, im *Café Lomo,* hatte damals alles begonnen. Hier hatten sie sich getroffen, weil Kim eine Anzeige geschaltet und nach Mädchen gesucht hatte, die mit ihr zusammen einen Detektivclub gründen wollten. Kurz darauf waren Marie, Franzi und sie tatsächlich einem gefährlichen Erpresser auf die Spur gekommen. Und von da an war es Schlag auf Schlag gegangen. Kim versuchte nachzuzählen,

wie viele Fälle sie als *Die drei !!!* bereits gelöst hatten. War das wirklich möglich? Es waren bald 75! Zufrieden rührte Kim einen Löffel voller Schokoperlen in ihren Becher und betrachtete das helle Marmormuster, das die schmelzende Schokolade im Kakao hinterließ.
Sabrina legte drei Papierservietten auf den Tisch. Sie räusperte sich. »Ich habe über euch und den Fall des vermissten jungen Mannes in der Zeitung gelesen«, sagte sie schließlich. »Ihr seid wirklich mutig! Ich würde mich nie in so alte, verlassene Gebäude hineintrauen.«
»Wir mussten einfach«, sagte Marie. »Der Vermisste ist der Bruder von, ähm, einem Freund von Kim gewesen. Es war einfach Ehrensache, dass wir helfen, und die Spuren führten eben zu dieser verfallenen Fabrik.«
»Wirklich unglaublich mutig von euch«, wiederholte Sabrina und nickte einem Paar zu, das zwei Tische weiter saß und ungeduldig winkte, um seine Bestellung aufgeben zu können. Sie nahm mit einem bedauernden Blick das Tablett vom Tisch. »Schade, ich würde mich gerne noch länger mit euch unterhalten. Aber ihr seht ja, was hier los ist.«
»Wir sind ja noch ein Weile da«, sagte Marie. »Vielleicht ist es später etwas ruhiger.«
Sabrina nickte den Mädchen zu und eilte zu dem Paar am Ecktisch.
Franzi ließ ein paar Schokoperlen in ihren Kakao fallen, rührte um und hob die Tasse. »Mädels, auf uns und die Rettung von Timo!«
Marie und Kim lächelten verschmitzt und stießen ihre Becher gegen den von Franzi. Kim nahm einen Schluck und

schloss die Augen. Der *Spezial hoch drei* schmeckte einfach himmlisch.

»Den werde ich noch öfter trinken«, sagte Marie. Sie tupfte sich mit einer Serviette den Milchschaum von den Lippen. Dann zog sie einen kleinen Taschenspiegel aus ihrem Matchbeutel und überprüfte ihr Make-up.

Kim bewunderte ihre Freundin für ihren ausgesprochen guten Geschmack. Marie war immer sorgfältig geschminkt und gekleidet. Heute aber hatte sie scheinbar besonders viel Zeit in ihr Styling gesteckt: Der pinkfarbene Schimmer auf ihren Lippen passte perfekt zum roséfarbenen Wangenrouge und dem Perlmuttglanz auf ihren Fingernägeln, und das sportliche graue Kapuzenshirt stand in spannendem Kontrast zum rosafarbenen Seidenshirt, das an Ausschnitt und Bündchen hervorlugte.

»Hast du eigentlich nachher noch was Besonderes vor?«, fragte Kim.

Marie verstaute den Spiegel wieder in ihrer Tasche und strich sich betont langsam eine Strähne ihrer langen blonden Haare hinters Ohr. Mit ironischem Unterton fragte sie: »Wie kommst du denn darauf?« Dann lächelte sie glücklich. »Ja! Ich bin mit Holger verabredet. Wir wollen ins Kino.«

»Super«, sagte Franzi und lächelte. »Bei euch läuft es jetzt wieder richtig gut, oder?«

»Und ob!« Marie nickte. »Ich bin so froh, dass ich meine Eifersucht endlich überwunden habe. Die hat wirklich alles vergiftet.«

»Na ja«, antwortete Franzi. »So ganz unschuldig ist Holger ja auch nicht gewesen.«

»Das stimmt allerdings.« Marie nahm einen großen Schluck von ihrem *Spezial hoch drei*. »Aber jetzt ist alles wieder gut.«
»Wehe, wenn nicht!«, rief Franzi mit gespielt drohendem Ton. »Sonst bekommt Holger es mit mir zu tun.«
Marie grinste. »Danke, ich werde mich bei Bedarf an dich wenden.« Sie nahm ein Waffelstäbchen vom Teller und steckte es sich in den Mund. »Und wie sieht es mit Blake aus?«, nuschelte sie.
»Sehr gut«, sagte Franzi und griff sich einen Orangentaler. Ihre Wangen färbten sich rosa. »Wir waren gestern im Skaterpark zum Picknicken verabredet. Das war so romantisch!«
Marie sah Franzi entsetzt an. »Aber es hat in Strömen gegossen!«
»Das war ja der Gag dabei.« Franzis Augen begannen zu leuchten. »Wir haben es uns mit Gurkensandwiches und Himbeerlimo im Hohlraum unter der Halfpipe gemütlich gemacht.«
Kim schüttelte den Kopf. »Das nennst du … romantisch?«
»Ja, klar.« Franzi sah Kim verständnislos an. »Du hörst den Regen auf die Bahn trommeln, sitzt im Trockenen, genießt die leckeren Picknicksachen und kannst dir ausmalen, welche Stunts du bei gutem Wetter machen würdest. Das ist Romantik pur!« Franzi biss ein Stück vom Keks ab, kaute energisch und schluckte. »Findet ihr nicht?«
Marie räusperte sich. »Na ja.«
Kim musste lachen. »Hauptsache, es hat dir und Blake gefallen!«
»Und wie!« Franzi streckte sich ausgiebig. »Trotzdem wollen wir das nächste Mal lieber wieder auf der Bahn sein statt darunter. Wir brauchen Bewegung.«

»Das glaub ich sofort«, sagte Kim.
Franzi und ihr Freund Blake waren beide echte Sportskanonen. Neben ausgedehnten Ausritten auf ihrem Pony Tinka unternahm Franzi regelmäßig Laufrunden im Wald, ruderte, kletterte und skatete. Blake saß seit einem Reitunfall im Rollstuhl, was ihn jedoch nicht davon abhielt, ebenfalls zahlreiche Sportarten auszuüben. Vor einiger Zeit hatte er Chair-Skating entdeckt. Seitdem konnten Franzi und er die Pisten im Skaterpark gemeinsam unsicher machen.
»Und was ist mit dir?«, fragte Franzi plötzlich.
Kim zuckte zusammen. Sie wusste genau, was Franzi wissen wollte, hatte aber überhaupt keine Lust, darauf einzugehen. Deshalb murmelte sie nur: »Alles gut.«
Franzi zog eine Augenbraue hoch und Kim redete schnell weiter: »In der Schule gab es jetzt am Anfang ja nur wenig zu tun, ich habe noch die Details zum letzten Fall im Detektivbuch nachgetragen und die Schachteln mit den alten Beweismitteln aufgeräumt.«
Franzi trommelte leise mit den Fingern auf dem Tisch.
»Davids großem Bruder geht es übrigens wieder gut«, erzählte Kim hastig. »Sein gebrochener Knöchel ist super verheilt und David sagt, dass Timo schon die nächste Foto-Tour zu ein paar verlassenen Gebäuden plant.«
Kaum hatte Kim den Satz zu Ende gesprochen, biss sie sich auf die Lippe. Wie hatte ihr das passieren können? Jetzt würde Franzi sofort das Thema wieder aufgreifen. Genau das hatte sie doch vermeiden wollen!
Prompt fragte Franzi: »Hast du denn mit David telefoniert? Habt ihr euch wieder getroffen?«

Kim drehte ihren Becher in der Hand. »Wir haben uns ein paar Mal gesehen.«
Marie zwinkerte ihr zu. »Und?«
»Wie oft soll ich es euch noch sagen? Da ist nichts. Wir verstehen uns echt gut, aber David hat, im Gegensatz zu euch, verstanden, dass ich im Moment keinen Freund will.«
Kim verschränkte die Arme vor der Brust. Sie konnte deutlich spüren, wie ihr Herz gegen ihre Rippen klopfte.
»Ich verstehe es wirklich nicht«, beharrte Franzi. »Du und David, ihr passt so gut zusammen. Ihr wärt ein echtes Traumpaar.«
»Mann! Können wir das Thema bitte einfach lassen?« Kim schloss für einen Moment die Augen und atmete tief durch. Sie hatte David vor ein paar Monaten bei einem Schreibworkshop im Jugendzentrum kennengelernt. Genau wie Kim las er gerne und viel und schrieb eigene Geschichten. Deshalb hatten sie angefangen, sich gegenseitig Bücher auszuleihen und ihre Texte zu lesen und darüber zu sprechen. Kim genoss die Gespräche mit David, und sie freute sich auch schon sehr auf die kommende Woche, in der der Workshop im JUZ fortgesetzt wurde und sie sich wiedersehen würden. Aber mehr wollte sie von David nicht. Da war sich Kim ziemlich sicher. Als sie die Augen wieder öffnete, blickte sie in Maries ernstes Gesicht. »Kann es sein, dass du Angst hast?«, fragte ihre Freundin.
Kim blinzelte verwirrt. »Was soll das denn jetzt schon wieder?«
Franzi nickte. »Du hast Angst davor, dass du verletzt werden könntest. So wie damals, als Michi sich von dir getrennt hat.«

»So ein Quatsch.« Kim spürte plötzlich einen merkwürdigen Kloß im Hals. Michi war ihre erste große Liebe gewesen. Die Trennung hatte ihr wirklich beinahe das Herz gebrochen und sie hatte lange gebraucht, um sich wieder zu erholen. Aber jetzt ging es ihr gut. Sie hatte alles verwunden und war zufrieden mit ihrem Leben. Sie brauchte keinen Freund. Das war doch alles viel zu kompliziert. Kim schluckte. Es war einfach gut so, wie es war. Dass sie David nur als Kumpel gut fand. Vor allem aber wollte sie jetzt nicht mit Marie und Franzi diskutieren. Sie konnte das nämlich alles wunderbar mit sich selbst abmachen. »Leute, Themenwechsel!«, rief Kim und zog ihren Rucksack unter dem Tisch hervor.
Marie und Franzi sahen ihr kopfschüttelnd zu. »Wenn du meinst«, sagte Franzi zögerlich.
»Ja!«, murmelte Kim, während sie in ihrem Rucksack kramte. »Es gibt nämlich Neuigkeiten.«
»Etwa einen neuen Fall?«, wollte Marie sofort wissen.
Kim fand endlich den Umschlag, den sie vorhin noch schnell eingesteckt hatte. Sie zog ihn hervor und schwenkte ihn durch die Luft. »Nein, kein neuer Fall. Aber etwas, das euch bestimmt auch gefallen wird!« Sie holte eine Broschüre und ein gefaltetes Blatt aus dem Umschlag. »Kennt ihr das *Aqua-Magic*?«
Marie zuckte mit den Schultern. »Nie gehört.«
»Doch, ich glaube schon«, sagte Franzi. »Das ist dieses Schauaquarium hinter der Stadthalle, das so lange renoviert wurde.«
Kim nickte. »Genau. Es hieß früher *Seepferdchenland*. Die neuen Besitzer haben alles komplett umgebaut.« Sie hielt ei-

ne Broschüre hoch, auf der ein Hai zu sehen war, der in tiefblauem Wasser mit weit aufgerissenem Maul auf den Betrachter zuschwamm. »Vor ein paar Wochen gab es im Einkaufszentrum einen Werbestand von *AquaMagic*, an dem man an einem Preisausschreiben teilnehmen konnte. Und, taraaaa, ihr glaubt nicht, was ich gewonnen habe!« Kim machte eine Kunstpause und legte die Broschüre auf dem Tisch ab.

»Einen Hai?«, rief Marie und lachte.

»Quatschkopf!« Kim knuffte ihre Freundin in die Seite. »Einen Gutschein.«

Franzi beugte sich interessiert vor. »Und wofür?«

»Für einen *Nixentraum*«, verkündete Kim begeistert.

Jetzt spitzte Marie die Ohren. »Das klingt interessant. Was bedeutet das denn genau?«

Kim setzte sich kerzengerade auf. »Das bedeutet: ein professionelles Fotoshooting unter Wasser, mit Nixenkostüm vor einem Korallenriff, in einem speziellen Becken im *AquaMagic*!«

»Wow!« Marie nickte begeistert. »Das ist toll. Glückwunsch!«

»Und zwar für uns drei«, ergänzte Kim. »Ich darf nämlich meine Freundinnen mitbringen.«

Marie und Franzi blieb der Mund offen stehen.

»Echt jetzt?«, fragte Marie mit leuchtenden Augen.

Kim nickte. »Wenn ich's dir doch sage.«

»Das ist so cool!« Marie strahlte Kim an.

Franzi grinste. »Ob man auch ein Shooting im Hai-Becken machen kann?« Sie nahm die Broschüre und blätterte interessiert.

»Da gehst du dann aber alleine rein«, sagte Kim.
»Die haben mehr als 30 verschiedene Schaubecken mit insgesamt über tausend Tieren. Toll!« Franzi hielt die Broschüre hoch. »Es gibt sogar einen Glastunnel, der unter dem Becken mit den Haien und Rochen durchführt. Und ein ›Riff der Kraken‹! Spannend, oder?«
Kim nickte. »Irgendwo stand, dass das *AquaMagic* einen Oktopus aufgenommen hat, der verletzt in der Nordsee gefunden wurde. Er ist jetzt der Liebling der Tierpfleger, weil er so schlau ist.«
Franzis Augen begannen zu leuchten. »Ich hoffe, wir haben vor oder nach dem Shooting Zeit, uns die Tiere anzusehen.«
»Das können wir schon am Samstag machen, wenn du möchtest«, sagte Kim. »Das *AquaMagic* veranstaltet eine Eröffnungsparty. Die Gewinner vom Rätsel bekommen ihre Preise persönlich von den neuen Besitzern überreicht, es gibt verschiedene Vorstellungen, zum Beispiel eine Unterwasser-Modenschau, und man kann sich natürlich alle Becken in Ruhe ansehen.«
»Das klingt toll«, sagte Franzi sofort. »Ich bin dabei.«
Auch Marie nickte begeistert.
»Prima«, sagte Kim. Sie sah noch einmal in den Unterlagen nach. »Um 14:30 Uhr geht es los.« Ihr Blick fiel auf die aufgeschlagene Broschüre auf dem Tisch. Eine türkisblaue Unterwasserlandschaft mit leuchtend roten Korallen und tausenden von bunten Fischen war zu sehen. Kim lächelte verträumt. »Da kommt doch glatt ein kleines Stückchen Sommer zurück.«

Herzklopfen

Geheimes Tagebuch von Kim Jülich
Samstag, 12:30 Uhr
Warnung: Dieses Tagebuch gehört MIR und ist GEHEIM!!! Wer darin liest, darf demnächst einen Ausflug mit mir ins **AquaMagic** ***machen und sich dort das Hai-Becken mal ganz genau ansehen. Und zwar von innen …!***
Was ist bloß los mit mir? Seit ein paar Tagen ist das Gefühl besonders heftig. So heftig, dass ich es nicht mehr verdrängen kann. Das mit David. Ich dachte, alles wäre in bester Ordnung. David und ich sind gute Freunde. Einfach gute Freunde – und alles ist super.
Wirklich?!? Ich glaube, doch nicht.
David hat mir vor ein paar Wochen gestanden, dass er sich in mich verliebt hat, aber als ich ihm gesagt habe, dass ich ihn nur als Kumpel mag, war das für ihn auch in Ordnung. Ich war damals total erleichtert, dass er es so locker genommen hat. Wir haben uns seitdem ein paar Mal getroffen, haben uns gegenseitig Bücher ausgeliehen und unsere Geschichten gelesen.
Die letzte Geschichte von David finde ich übrigens total toll. In ihr kommen Menschen von der Erde mit dem Raumschiff auf einem fremden Planeten an und treffen auf die Bewohner, das sind tennisballgroße Schwebewesen mit zwölf Augen, die rund um ihren Kugelkörper verteilt sind. Die Wesen können dadurch gleichzeitig in alle möglichen Richtungen sehen. Es gibt für sie kein vorne oder hinten, rechts oder links, unten oder oben. Alles ist immer gleichzeitig da. Die Wesen verbinden sich dann tele-

pathisch mit den Menschen, sodass sie erfahren können, wie das ist, wenn man alles gleichzeitig erfasst. Dadurch werden die Menschen aber halb wahnsinnig, weil ihr Gehirn nicht so viel verkraftet. Nur eine Frau kommt gut damit zurecht, sie kann aber leider nicht verhindern, dass die anderen den Planeten der Kugelschwebewesen später sprengen, weil sie denken, die Aliens hätten sie absichtlich gefoltert. Ziemlich abgefahren. Das mit der Sprengung fand ich nicht so gut. Aber David hat gesagt, dass er die Geschichte unbedingt mit einem Knall enden lassen wollte. Außerdem hatte er keine Lust mehr darauf, sich vorzustellen, wie es ist, wenn man in alle Richtungen gleichzeitig sehen kann, er meinte, das hätte ihn nämlich selbst fast wahnsinnig gemacht. Irgendwie süß. Um die Kugelwesen tut es mir trotzdem leid.

Jetzt bin ich aber abgeschweift. Ich glaube, ich will mich drücken …

Aber es hilft nichts. Also: DAVID!

Ich verbringe richtig gern Zeit mit ihm. Man kann mit ihm wunderbar lachen und Blödsinn machen. Gleichzeitig kann er aber auch sehr ernst sein und gut zuhören. Und David hat winzige goldene Punkte in seinen braunen Augen, das ist mir letzte Woche zum ersten Mal aufgefallen. Sie fangen an zu leuchten, wenn er lächelt. Das sieht unheimlich schön aus.

Ich freue mich sehr darauf, ihn nächsten Feitag beim Schreibworkshop wiederzusehen. Ich freue mich richtig, richtig doll darauf. Mit Herzklopfen. Ja. So ist es. Mein Herz klopft.

Mein Herz klopft, weil ich an David denke.

So, liebe Kim. Jetzt ist es raus.

Ich muss dauernd an Maries Frage denken: ob ich Angst habe?

Zuerst fand ich das ja völlig daneben. Aber was ist, wenn es stimmt? Wenn ich mir die ganze Zeit eingeredet habe, David nur als Kumpel gut zu finden, weil ich Angst davor habe, dass er mich irgendwann verletzen könnte, wenn wir zusammen wären. Das mit Michi damals war echt hart für mich. Ich dachte, ich hätte das alles gut weggesteckt. Was, wenn es nicht so ist? Was, wenn ich wirklich einfach nur Angst davor habe, dass mich ein Junge wieder so verletzen könnte? Und deshalb vor lauter Angst meine Gefühle für David nicht wahrhaben will?!?
Ich bin total durcheinander. Ich glaube, ich muss mit dir reden, David.
Gute Güte, lieber nicht. Oder doch?! Wahnsinn, wie mein Herz rast.
Also, ich werde mir jetzt bis nächste Woche ganz in Ruhe überlegen, was ich mache. Und jetzt ist erst mal Schluss. In einer halben Stunde fängt die Einweihungsparty mit der Preisverleihung im AquaMagic *an. Zum Glück. Sonst werde ich noch komplett wahnsinnig …*

Marie und Franzi warteten bei den Fahrradständern hinter der Stadthalle. Kim ließ ihr Rad ausrollen und stoppte kurz vor den beiden. »Sorry!«, rief sie etwas außer Atem. »Ich bin zu spät losgekommen!«
Franzi winkte ab. »Keine Panik. Es ist gerade mal fünf nach halb drei.«
»Gut, dann bin ich ja beruhigt«, japste Kim.
Sie schloss ihr Rad ab und die Mädchen liefen die wenigen Meter bis zu dem großen Gebäudekomplex, in dem das *AquaMagic* untergebracht war. Die gesamte Front des mehr-

stöckigen Baus war mit hunderten von blauen Luftballons geschmückt, die wie Meereswellen sanft auf und ab wogten. Über dem knallroten Schriftzug *AquaMagic* am Eingang wachte ein großer, fröhlich dreinblickender Krake aus orangefarbener Fallschirmseide, der, vom Wind gebauscht, mit seinen acht Armen in alle Richtungen winkte.

»Das sieht ja hübsch aus!«, rief Marie. »Ich bin gespannt, wie es von innen ist.«

In der Vorhalle des Schauaquariums herrschte dichtes Gedränge. Offensichtlich hatten sehr viele Leute gehört, dass das Aquarium heute eröffnet wurde, und sich neugierig auf den Weg gemacht. Es dauerte einige Minuten, bis die Mädchen mit der Menschenmenge zusammen die Haupthalle erreicht hatten.

»Wow!«, rief Franzi und legte den Kopf in den Nacken. »Das ist fantastisch!«

Kim nickte sprachlos. Sie standen gerade vor dem größten Aquarium, das sie in ihrem Leben gesehen hatte. Das Becken war mindestens zehn Meter hoch und über sieben Meter breit. Schwärme von tausenden, in allen Farben schillernden Fischen zogen ihre Bahnen vor knallroten Korallen, durchsichtigen Anemonen und imposanten, verschlungenen Wasserpflanzen. Vom feinsandigen Boden des Aquariums stiegen Kaskaden glitzernder Sauerstoffperlen in das türkisblaue Wasser hinauf und verloren sich schäumend an der Oberfläche.

»Das Foto vom *Ozeanum* in der Broschüre war ja schon toll«, stellte Kim fest. »Aber das Ganze in echt zu sehen, ist …«

»… gigantisch!«, ergänzte Marie Kims Satz.

»Ja, es ist wirklich schön geworden«, sagte Franzi. »Ich bin total gespannt, wie die anderen Becken aussehen.«
»Ich auch«, antwortete Kim. »Wir müssen nachher unbedingt eine Runde drehen. Aber jetzt kommt erst mal die Preisverleihung.«
Kim betrachtete die kleine Bühne, die vor dem Ozeanbecken aufgebaut war. Ihr wurde etwas mulmig zumute. Hier sollte sie gleich vor so vielen Leuten ihren Gewinn entgegennehmen. Sie war plötzlich ziemlich aufgeregt. Kim versuchte, sich auf den Bildschirm zu konzentrieren, der über der Bühne hing und auf dem ein Trailer über *AquaMagic* zu sehen war. In schneller Abfolge wurden verschiedene Meeresbewohner gezeigt: Ein Schwarm von kleinen Doktorfischen umkreiste eine Anemonengruppe, ein großer Rochen glitt majestätisch durchs Meer, ein Krake kletterte aus dem Wasser und fing eine Krabbe, und hunderte von leuchtenden Quallen schwebten zur Wasseroberfläche hinauf. Kim spürte, wie sich ihr Herz langsam beruhigte. Sie ließ ihren Blick durch den Saal wandern, und als sie wieder zur Bühne sah, blieb ihr Blick an einer Stelle hängen. Ein Junge in einem rot-blau gestreiften T-Shirt war hinter einer Säule hervorgetreten. Er unterhielt sich angeregt mit einem Mädchen und einem anderen Jungen und strich sich dabei die halblangen braunen Haare aus dem Gesicht. Das geringelte Shirt kam Kim bekannt vor. Sie kniff die Augen zusammen, um das Gesicht des Jungen genauer erkennen zu können. Plötzlich hielt Kim den Atem an. Hatte sie jetzt Halluzinationen?
Marie klopfte ihr auf die Schulter und rief: »Sieh mal, da vorne! Das ist doch David.«

Kim nickte mechanisch. Er war es, unverkennbar. Bevor sie etwas sagen konnte, winkte Franzi und rief laut: »David!« Einige Leute drehten sich überrascht um. Kim zog peinlich berührt den Kopf ein. David sah zu ihnen herüber. Er erkannte die Mädchen sofort und winkte lächelnd zurück.

Franzi und Marie hakten sich bei Kim unter und drängten mit ihr zusammen in Richtung Bühne. Kim war so überrumpelt, dass sie sich widerstandslos mitziehen ließ. Sie konnte keinen klaren Gedanken fassen. Nie im Leben hätte sie damit gerechnet, David so schnell wiederzusehen. Sie hatte doch bis zum Schreibworkshop warten und in aller Ruhe noch mal über alles nachdenken und eine Strategie, einen Plan, sonst was finden wollen. Beunruhigt stellte Kim fest, dass mit jedem Meter, den sie David näher kamen, ihr Herz heftiger schlug. Ihr wurde ganz warm und sie hoffte, dass sie nicht schon rot angelaufen war.

»Hey, da bist du ja«, sagte David und lächelte Kim an. Die goldenen Punkte in seinen Augen blitzten auf.

Kim wurde leicht schwindelig. »Hast du mich denn erwartet?«, fragte sie.

»Bis vor fünf Minuten eigentlich nicht.« David grinste. »Aber ich habe eben deinen Namen auf der Gewinner-Liste entdeckt.« Er zeigte auf eine große Tafel, die an der Säule neben ihm hing. »Es lag nahe, dass du hier erscheinst, um deinen Preis entgegenzunehmen.«

»Ach so, ja, klar«, brachte Kim heraus. Ihr Herz schlug immer noch schnell und sie fürchtete, jetzt wirklich einen knallroten Kopf zu haben. Schnell wandte sie sich ab und studierte scheinbar interessiert die Tafel. Fünf Namen und

jeweils eine Zahl dahinter waren untereinander in schwungvoller Schrift aufgelistet. Kim stutzte. An zweiter Stelle, gleich unter ihrem Namen, stand: *David Lindemann.*
»Bist du das etwa?«, fragte Kim erstaunt.
»Ja!« David zwinkerte Kim zu. »Du hast mich um knappe 49 Fische geschlagen.«
Kim bemerkte die verwirrten Blicke von Franzi und Marie und erklärte: »Bei dem Preisrätsel sollte man die Anzahl von Fischen in einem großen Aquarium schätzen. Das war übrigens gar nicht so leicht, die sind immer so schnell herumgeschwommen.«
»Hast du sie denn wirklich alle gezählt?«, wollte David überrascht wissen.
Kim schüttelte den Kopf. »Natürlich nicht. Ich habe die Fische in einer Ecke gezählt und dann auf das gesamte Aquarium hochgerechnet.«
»Respekt!« David sah Kim bewundernd an. »Du bist immer so analytisch.« Er zuckte mit den Schultern. »Ich hab einfach meine Glückszahl mal 13 genommen.«
Kim musste lachen. »Echt jetzt?«
»Klar! Und ich bin ja nicht schlecht damit gefahren, wie man sieht.«
»Stimmt.« Kim stellte erleichtert fest, dass sich ihr Herz schon wieder etwas beruhigt hatte.
David räusperte sich. »Das sind übrigens Selina und Daniel«, stellte er das Mädchen und den Jungen neben sich vor. »Und das sind Kim, Franzi und Marie!«
Daniel und Selina lächelten die drei !!! an. Die beiden wirkten locker und offen. Besonders das Mädchen sah mit sei-

nem herzförmigen Gesicht und den blauen Augen unter dichten schwarzen Wimpern sehr sympathisch aus. Kim wurde plötzlich unruhig. In welchem Verhältnis stand diese Selina zu David? Die beiden wirkten ziemlich vertraut. War sie etwa Davids neue Freundin?

»Hast du schon gesehen?«, riss Davids Stimme Kim aus ihren Gedanken. »Es gibt schon wieder einen Wettbewerb.« Er zeigte auf ein Plakat, das neben der Tafel hing. Ein Tintenfisch war darauf abgebildet, der gerade dabei war, mit seinen Tentakeln ein Schraubglas zu öffnen, in dem sich eine Krabbe befand. *Krake Karlo braucht Beschäftigung!*, war darunter zu lesen.

»Man kann eine Futteranlage für den Oktopus bauen und sie bei einer Jury einreichen«, erklärte David. »Dieser Karlo scheint sich öfter zu langweilen. Deswegen soll er in Zukunft verschiedene Aufgaben erledigen, bevor er an sein Futter herankommt.« David sah Kim unsicher an. »Du bist doch auch so ein Bastelfan, oder?«

Kim nickte verwirrt.

David wurde ein bisschen rot. »Ich dachte, du und ich, wir könnten vielleicht zusammen was erfinden?«

Es dauerte einige Sekunden, bis die Worte in Kims Gehirn angekommen waren, dann spürte sie ein leichtes Kribbeln in der Magengegend.

»Ja, klar«, sagte Kim. »Auf jeden Fall!«

David räusperte sich erneut. »Morgen und am Montag kann ich nicht. Aber hast du am Dienstag Zeit? Du könntest zu mir kommen, in der Atelier-Werkstatt von meiner Mutter gibt es viel Zeug, mit dem sich etwas anfangen lässt!«

»Super!« Kim nickte und spürte, dass sie ebenfalls rot wurde. Jetzt war es ihr aber egal.

Plötzlich sah David hinauf zur Bühne. »Ich glaube, die Preisverleihung fängt an.«

Kim hatte in ihrer Aufregung nicht bemerkt, dass in der Zwischenzeit eine Frau das Podium betreten hatte. Sie trug Jeans, einen dunkelblauen Blazer und darunter ein weißes T-Shirt, auf dem die gleiche orangefarbene Krakenfigur abgebildet war, die als Ballon über dem Gebäude schwebte. Kim hatte Mühe, sich zu konzentrieren. Ihr Herz pochte, ihre Wangen fühlten sich heiß an, sie musste immer wieder zu David sehen. Wie durch einen Schleier nahm sie wahr, wie die dunkelhaarige Frau sich als Geschäftsführerin von *AquaMagic* vorstellte und von der Neueröffnung des Schauaquariums erzählte, von den Gewinnern des Preisrätsels und etwas von einem neuen Maskottchen, dem *Kraken Karlo*. Sie zeigte eine fußballgroße Plüschfigur in Gestalt eines Tintenfischs und erklärte, dass es sich um ein neues elektronisches Spielzeug handelte. Sie zog an einem Krakenarm und eine quäkende Stimme verkündete: »Lass das!«

Das Publikum lachte. Die Geschäftsführerin führte weitere Funktionen der Figur vor und erklärte: »Jeder Gewinner erhält natürlich eines unserer neuen Maskottchen. Es wird übrigens bei uns im Shop verkauft, gleich beim Eingang. Und mit der dazugehörigen App wird Karlo ein richtig schlauer Krake, mit dem man Spiele machen kann.« Ein kleines Mädchen neben Kim klatschte in die Hände und sah zu seiner Mutter hoch. »Bitte, ich will auch einen!«, sagte sie.

Die Frau nickte. »Wir kaufen dir gleich nachher einen.«

Franzi trat ungeduldig von einem Fuß auf den anderen. »Ich würde mir lieber den echten Karlo ansehen.«
»Das kannst du ja gleich«, sagte Marie. »Jetzt lass Kim erst mal ihren Preis in Empfang nehmen.«
Zwei Männer in dunklen Anzügen und weißen Hemden betraten die Bühne und wurden als Jan Kelver und Hanns Marts vorgestellt. Sie waren die neuen Besitzer von *AquaMagic* und bedankten sich bei der Geschäftsführerin, Dr. Anne Steiner, für die harte Arbeit, die sie in den vergangenen Monaten bei der Koordination des Umbaus geleistet hatte. Anschließend reichten sie sich abwechselnd das Mikrofon und versprachen jede Menge spannender Veranstaltungen.
»Das klingt ja alles nicht schlecht«, murmelte David. »Aber so langsam könnten sie mal zum Punkt kommen.«
»Allerdings«, murmelte Franzi und deutete ein Gähnen an.
Kim tat, als würde sie mit großem Interesse lauschen. In Wirklichkeit jedoch versuchte sie, ihren Puls durch bewusstes Ein- und Ausatmen unter Kontrolle zu bringen. Sie fing an, die Doktorfische im Ozeanum zu zählen, um nicht dauernd zu David sehen zu müssen.
Plötzlich stupste Marie sie an. »Du wurdest eben aufgerufen!«
Kim zuckte zusammen und ihr Puls schnellte sofort wieder in die Höhe.
Schnell lief sie zu der Treppe, die zur Bühne hinaufführte. Oben angekommen wurde sie von Dr. Anne Steiner und den beiden Besitzern begrüßt. Neben dem Gutschein für das Unterwasser-Shooting und einer Urkunde für die »Beste Fische-Zählerin der Stadt« bekam Kim eine prall gefüllte Geschenktüte überreicht, aus der ein Exemplar des Plüsch-

kraken herauslugte. Das Publikum applaudierte. Nacheinander wurden die anderen vier Gewinner auf die Bühne gebeten und erhielten ihre Preise und Geschenktüten. Ein Gruppenfoto wurde geschossen, die Geschäftsführerin forderte das Publikum zu einem Abschlussapplaus auf, dann endlich war Kim erlöst. Während einer der beiden Männer wieder das Mikrofon ergriff und die weiteren Programmpunkte und Vorführungen der Eröffnungsparty aufzuzählen begann, verließen die Jungen und Mädchen die Bühne. Kim tupfte sich verstohlen eine Schweißperle von der Schläfe.

David lächelte Kim an. »Solche Auftritte sind nicht gerade dein Ding, oder?«

Kim nickte. »Das kannst du laut sagen.« Sie wich zwei jungen Männern in sportlicher Kleidung und einer Frau mit rotblondem Pferdeschwanz aus, die sich eilig an ihnen vorbei in Richtung Bühne drängten.

»Aber jetzt hast du es ja hinter dir«, sagte David. »Jetzt kommt das Vergnügen!«

Sie stießen zu den anderen, die in der Zwischenzeit Getränke besorgt hatten. Marie und Franzi reichten Kim und David zwei Becher mit Limonade.

»Auf die besten Fische-Zähler der Stadt!«, rief David.

Kim prostete ihm zu und nahm einen großen Schluck aus ihrem Becher. Sie lehnte sich gegen die Säule. Plötzlich fühlte sie sich sehr erschöpft. Während die anderen darüber diskutierten, welchen Saal sie sich als Nächstes ansehen wollten, träumte sich Kim weit weg. Sie sehnte sich in diesem Moment einfach nach ihrem Bett, einem guten Buch und einer Tafel Schokolade.

Franzis Stimme riss Kim aus ihren Gedanken. »Kommst du? Wir wollen uns den Kraken ansehen.«
Kim nickte und trank den letzten Schluck Limo. Als sie den leeren Becher in den Abfalleimer warf, hörte sie plötzlich laute Stimmen. Kim lugte hinter die Säule und erkannte die beiden Besitzer von *AquaMagic*. Sie sprachen mit der rotblonden Frau und den beiden Männern, die sich vorhin an Kim vorbeigedrängt hatten.
Einer der Männer wedelte heftig mit einem bunten Flyer und rief verärgert: »So geht das aber nicht!«
Hanns Marts sog scharf die Luft ein, sagte etwas und drehte sich um. Der Mann mit dem Flyer versuchte, ihn am Arm festzuhalten, worauf Marts ihn mit einer heftigen Bewegung abschüttelte. Das Papier glitt dem Mann aus der Hand und segelte zu Boden. Marts und Kelver schoben sich einfach an dem Mann vorbei und drängten sich kopfschüttelnd durch die Menge davon. Verdutzt sahen die Frau und die beiden Männer ihnen hinterher. Die Frau sagte etwas, das Kim nicht verstand. Schließlich zogen die Männer die Frau mit sich fort.
Zurück blieb der Flyer. Kim hob ihn vom Boden auf und strich ihn glatt. Es war ein Exemplar der Info-Blätter zu *AquaMagic*, die massenhaft in großen Stapeln im Eingangsbereich auslagen. Kim bemerkte, dass auf der letzten Seite neben einem Textblock zwei Wellenlinien hingekritzelt waren.
Irritiert stopfte Kim den Flyer in die Geschenktasche und beeilte sich, den anderen zu folgen.

Ein neuer Freund für Franzi

Kim entdeckte Franzi und Marie am Durchgang zu einem der nächsten Säle.

»Da bist du ja endlich!«, rief Franzi, als sie Kim kommen sah. »Ich wollte dich gerade anrufen. Die anderen sind schon vorgegangen.«

»Tut mir leid.« Kim runzelte die Stirn. »Aber ich habe eben zufällig etwas Seltsames mitbekommen. Die beiden neuen Besitzer von *AquaMagic* hatten Streit mit einer Frau und zwei Männern.« Sie holte das Faltblatt aus der Tasche. »Irgendwie scheint es darum gegangen zu sein.«

Franzi zog eine Augenbraue hoch. »Das ist einer von diesen Info-Flyern, die hier überall ausliegen.«

Kim nickte. »Genau.« Sie wendete das Papier und tippte auf die letzte Seite. »Hier wurde etwas markiert.«

Franzi und Marie beugten sich über das Papier in Kims Händen.

»Oder jemand hat ausprobiert, ob sein Stift schreibt«, meinte Franzi.

Kim zuckte mit den Schultern. »Das kann natürlich auch sein.«

»Da sind verschiedene Umwelt- und Artenschutzprojekte aufgelistet«, stellte Marie fest. »*AquaMagic* unterstützt sie und arbeitet mit denen zusammen.«

»Das finde ich super«, sagte Franzi sofort. »Das macht mir den Laden hier gleich sympathischer.« Sie zögerte einen Moment. »Ehrlich gesagt haben mir die beiden Besitzer vorhin viel zu viel von Events und irgendwelchen Spielzeugtieren erzählt. Die lebendigen Tiere kamen ja kaum vor.«

Kim nickte. »Das ist mir auch aufgefallen.« Sie faltete die Broschüre auseinander und überflog eine Seite. »Hier steht unheimlich viel über die Events drin, die man buchen kann: Unterwasser-Shooting, Übernachten bei den Haien, Candle-Light-Dinner mit Jochen, dem Rochen ...«

Marie tippte auf ein Foto, auf dem ein Paar zu sehen war, das vor einem Aquarium mit bunten Fischen an einem festlich gedeckten Tisch saß. »So ein Dinner ist bestimmt total romantisch!« Ihr Gesicht bekam einen schwärmerischen Ausdruck. »Das würde ich gerne mal mit Holger machen.«

Franzi seufzte. »Ja, klar. Ich freue mich ja zum Beispiel auch schon total auf unser Unterwasser-Shooting. Aber ich frage mich, warum es so viele Events geben muss.« Sie tippte auf die nächste Seite. »Und dann der ganze Kram, den man kaufen kann: blinkende Gummiquallen, sprechende Plüschkraken, 3-D-Haibilder, Schokofische und Algenkaugummi. Wer braucht so was?«

Kim zuckte mit den Schultern. »Meine kleinen Brüder fänden die Sachen bestimmt total gut.« Sie zögerte kurz. »Und die Schokofische finde ich jetzt auch ganz ansprechend.«

»Das ist es ja«, warf Marie ein. »Vielen Leuten gefällt so was. Solche Dinge sind einfach publikumswirksam. Wahrscheinlich werden viele erst durch die ganzen Events auf *Aqua-Magic* aufmerksam und kommen her. Und je mehr Leute kommen, desto mehr Geld nimmt das Schauaquarium ein.«

»Das können sie dann in die Pflege der Tiere hier investieren«, ergänzte Kim.

Franzi nickte nachdenklich. »Es ist ja generell nicht so einfach mit diesen Schauaquarien. Viele Leute sagen, dass es nicht in Ordnung ist, dass die Tiere eingesperrt und vorgeführt werden. Andererseits gäbe es viele Arten schon gar nicht mehr, weil sie in der freien Natur ausgestorben sind.« Franzi sah von Kim zu Marie. »Weil sie nämlich gejagt werden oder die Umwelt so verschmutzt wird, dass ihre Lebensräume zerstört werden.«
»Das ist echt bitter.« Marie faltete den Flyer wieder zusammen und gab ihn Kim zurück. »Vielleicht ging der Streit, den du mitbekommen hast, ja auch um dieses Thema?«
Kim steckte den Flyer wieder ein. »Ja, wer weiß.«
»Wie auch immer«, sagte Franzi. »Ich bin dafür, dass wir jetzt zum Riff der Kraken gehen.« Sie boxte Kim gegen die Schulter. »David wartet bestimmt schon sehnsüchtig.«
Kim boxte zurück. »Lass es einfach!« Sie widmete sich einem großen Plan an der Wand, auf dem die Säle des Schauaquariums und die Gänge, die sie verbanden, eingezeichnet waren. »Das ist ja das reinste Labyrinth.« Sie versuchte, den kürzesten Weg zum Saal mit dem Krakenriff herauszufinden.
»Man muss einfach nur den Schildern folgen«, sagte Franzi. Sie deutete zu einer Seite des Durchgangs, an der mehrere pfeilförmige Tafeln angebracht waren. »Da geht's lang!«
Der Weg führte an einer Reihe von runden Glasscheiben vorbei, die an Bullaugen in einem Schiff erinnerten. Durch sie konnte man einen Blick in Aquarien werfen, die in der Wand eingelassen waren. Sie beherbergten Seepferdchen, Quallen und durchsichtige Langusten. Etliche Besucher bestaunten die Tiere.

Franzi nickte zufrieden. »Die Aquarien sind alle echt schön. Ich glaube, den Tieren geht es hier wirklich gut!«
Der Wegweiser mit dem Oktopus-Symbol zeigte nach rechts zu einem Durchgang. Die drei !!! folgten ihm und gelangten nach kurzer Zeit in einen großen Raum, in dem sechs riesige Aquarien standen. Auch hier herrschte reger Betrieb. Aber Kim sah David sofort. Sein rot-blau gestreiftes T-Shirt leuchtete zwischen ein paar Leuten hervor, die vor einem der Aquarien standen. David unterhielt sich gerade mit einem vielleicht vierzigjährigen Mann und einer jungen Frau mit rotblondem Pferdeschwanz. Überrascht stellte Kim fest, dass es die Frau war, die sie vorhin bei dem Streit gesehen hatte. Jetzt wirkte sie aber viel entspannter und richtig freundlich.
David kritzelte etwas in ein kleines Notizbuch. Als die Mädchen zu ihm stießen, hob er den Kopf und lächelte. »Da seid ihr ja! Ich hatte gerade das Glück, Andreas Hofer und Amelie Funke zu treffen. Herr Hofer ist Tierpfleger und kümmert sich um den Kraken Karlo, und Frau Funke ist Reinigungstaucherin. Sie steigt nachher ins Hai-Becken, um dort sauber zu machen. Sehr spannend, sage ich euch!«
Die drei !!! begrüßten die beiden, die ihnen lächelnd zunickten.
Amelie Funke sah auf ihre Armbanduhr. »Und leider muss ich jetzt wirklich los. Ich muss mich noch umziehen.« Sie klopfte Andreas auf die Schulter. »Bitte entschuldige, dass ich dich genervt habe. Aber es macht die Arbeit wirklich leichter, wenn unsere Freunde mit den scharfen Zähnen ihr Futter hatten, bevor wir zu ihnen reinsteigen.«
»Kein Problem«, sagte Andreas und grinste schief. »Ich wür-

de mich an deiner Stelle auch vergewissern. Aber glaub mir, die sind alle pappsatt. «

»Na, dann!« Amelie Funke winkte und eilte davon.

»Sehr cool«, raunte Franzi, während sie der Frau bewundernd nachsah. »Was für ein Traumjob: tauchen und mit Tieren zu tun haben!«

»Also für mich wäre das nichts.« Kim schluckte. Sie überlegte, ob sie Franzi und Marie sagen sollte, dass Amelie Funke die Frau war, die mit Kelver und Marts gestritten hatte. Dann aber entschied sie sich dagegen. Das brachte im Moment ja doch nichts.

David klappte das Notizbuch zu und lächelte Kim an. »Ich habe einige interessante Dinge über Kraken erfahren.«

Franzi grinste. »David, der rasende Reporter. Du nutzt auch jede Gelegenheit, die sich für einen Artikel bietet, was?«

David steckte das kleine Buch in seine Hosentasche. »Ja, ich dachte, dass es bestimmt nützlich wäre, ein paar Fakten zu sammeln, bevor Kim und ich die Futtervorrichtung für Karlo bauen.«

Die goldenen Punkte in Davids Augen blitzten auf und Kim räusperte sich. »Ja, prima. Ähm. Das ist super.« Verwirrt heftete sie ihren Blick auf das Aquarium. Es war mit zerklüfteten Felsbrocken, Tongefäßen und üppig wuchernden Wasserpflanzen zu einer eindrucksvollen Unterwasserlandschaft ausgestattet worden. Auf dem Boden war eine lebensgroße Meerjungfrauen-Statue aus hellem Stein platziert, die mit einer grazilen Handbewegung einen Luftkuss durchs Wasser schickte. Lange Algenstränge bedeckten den Steinkörper und wogten sanft im Strom des Wassers.

David stellte sich neben Kim. »Amelie hat vorhin eine witzige Geschichte erzählt: Karlo liebt diese Nixenstatue. Die Reinigungstaucher dürfen ihr auf keinen Fall zu nahe kommen, sonst regt der Krake sich auf und ballert mit Tinte um sich. Deswegen wachsen so viele Algen auf der Statue.«
»Das ist ja süß!«, rief Franzi.
Kim ließ ihren Blick aufmerksam durch das Becken wandern. Außer ein paar kleinen, eifrig umherhuschenden Fischen konnte sie jedoch kein Tier entdecken.
»Wo steckt Karlo denn?«, fragte sie.
»Wahrscheinlich hat er sich irgendwo in den Felsen zurückgezogen«, vermutete Franzi.
»Richtig.« Andreas Hofer nickte und deutete zu einem schmalen Höhleneingang etwas weiter oben in der Felsformation. »Er hält sich oft dort auf.«
Kim kniff die Augen zusammen und meinte, eine Bewegung in dem dunklen Spalt wahrzunehmen.
»Da ist er«, sagte Franzi im gleichen Moment. »Seht ihr? Er lässt zwei Arme rausbaumeln.«
»Du hast Augen wie ein Luchs«, stellte David fest, nachdem er eine Weile hingesehen hatte. »Ich hätte die nicht gesehen. Die haben ja die gleiche Farbe wie der Fels drumherum.«
Franzi nickte. »Kraken können ihre Hautfarbe der Umgebung anpassen. Das ist ein natürlicher Reflex, um sich vor Feinden zu schützen.«
Andreas sah Franzi an. »Du scheinst ja eine richtige Kraken-Expertin zu sein!«
»Ich interessiere mich einfach für Tiere.« Franzi sah angestrengt ins Aquarium. »Schade, ich würde Karlo so gerne mal

richtig sehen! Aber da muss ich wohl ein anderes Mal wiederkommen.«

Andreas warf einen Blick auf seine Armbanduhr. »Ich habe noch ein bisschen Zeit. Wenn ihr Lust habt, nehme ich euch kurz mit in die Versorgungszone hinter den Aquarien. Vielleicht können wir Karlo an die Oberfläche locken.«

»Das wäre genial«, sagte Franzi mit leuchtenden Augen.

Auch die anderen nickten begeistert. Sie folgten Andreas zu einer Tür am Ende des Raums. Während der Tierpfleger aufschloss, fragte Marie: »Wo stecken Selina und Daniel?«

David zuckte mit den Schultern. »Sie wollten sich noch weiter umsehen. Ich glaube, das Gespräch mit Andreas Hofer und Amelie Funke hat sie ein bisschen gelangweilt. Aber wir sind für nachher zur Vorführung beim Hai-Becken verabredet. Ihr kommt doch auch mit?«

»Klar!«, sagte Kim und betrat hinter Andreas einen schmalen Gang, über den sie in einen Raum auf der Rückseite der Aquarien gelangten. Ein gleichmäßiges Surren und Plätschern, das von großen Pumpanlagen und unzähligen Rohren ausging, empfing sie. Kim staunte. Der Raum war fast so groß wie die Publikumshalle auf der anderen Seite der Becken. An der Wand zog sich eine Reihe von Regalen entlang, in denen Alu-Wannen, Eimer, Messbecher, Kescher in verschiedenen Größen und diverse Putzutensilien untergebracht waren. In einer Ecke war ein Arbeitsplatz mit Monitoren, einem Computer und einem riesigen Aktenschrank eingerichtet. An der Wand darüber hingen Wochenplaner, in die Fütterungszeiten, die Reinigung und besondere Vorkommnisse für jedes der sechs Becken eingetragen waren.

»Von hier aus werden Filteranlagen, Beleuchtung, Temperatur und der Salzgehalt der Meeresbecken gesteuert«, erklärte der Tierpfleger. »Das alles hier ist ein hochkomplexes System.«

David war sichtlich beeindruckt. »Spannend«, murmelte er und zog sein Notizbuch hervor. »Man müsste mal eine Reportage über den Backstagebereich von Schauaquarien machen.«

»Mach das!«, antwortete der Tierpfleger. »Dann erfahren die Leute endlich, wie viel Arbeit hinter dieser bunten und scheinbar leichten Welt der Aquarien steckt.«

Sie folgten dem Tierpfleger eine Metalltreppe hinauf. »Die Becken sind auf der Rückseite auf zwei Etagen zu erreichen«, sagte Andreas. »Unten können wir durch die Scheiben kontrollieren, was sich im hinteren Bereich der Aquarien tut, und von hier oben haben wir direkten Zugang zu den Becken.«

Oben angekommen, schob der Tierpfleger ein Gitter, das das Wasserbecken des Kraken bedeckte, ein Stück zur Seite. Er tauchte seine Hand ins Wasser. »Karlo ist seit etwas mehr als acht Wochen bei uns«, erklärte er. »Er hat sich schnell eingewöhnt und kennt mich gut. Meist kommt er angeschwommen, wenn ich mich hier oben bemerkbar mache.«

Kim starrte ins Becken und wartete gespannt. Franzi und David rückten näher heran, während Marie einen größeren Sicherheitsabstand einhielt.

Plötzlich löste sich ein kleiner Schatten aus der Tiefe des Beckens und schob sich zügig nach oben. Ein schmaler Tentakel mit einer Reihe von Saugnäpfen durchbrach die glitzern-

de Wasseroberfläche und tastete nach dem Arm des Mannes. Ein weiterer Tentakel folgte, und binnen kurzer Zeit hatten sich acht Krakenarme um die Hand von Andreas Hofer gekringelt. Schließlich folgte der Körper mit dem großen, ovalen Kopf. Der Krake schien den Tierpfleger direkt aus seinen menschenähnlichen Augen anzublicken.
»Hallo, Karlo«, murmelte Andreas Hofer. »Guck mal, wir haben Besuch.«
Als hätte der Oktopus das verstanden, löste er einige seiner Tentakel von der Hand des Tierpflegers und streckte sie in die Luft. Es sah aus, als winke er den drei !!! und David zu.
»Junge, du bist wirklich neugierig.« Andreas Hofer lachte. »Kraken können übrigens sehr gut sehen. Aber sie erfassen ihre Umgebung auch stark über den Tast- und Geruchssinn. Wenn Karlo etwas mit seinen Tentakeln umschlingt, ertastet und erschmeckt er es.«
Franzi war kaum noch zu halten. »Ist der süß!« Sie sah verzückt auf den Oktopus. »Darf ich auch mal?«
»Klar«, sagte Andreas Hofer. »Halte einfach deine Hand hin.«
Kim, David und Marie wichen ein Stück zurück, während Franzi vorsichtig ihre Hand an einen der Tentakel hielt. Die silbernen Armreifen an ihrem Handgelenk klirrten leise, als der Oktopus sie vorsichtig anstupste.
Franzi kicherte. »Das kitzelt!« Sie wollte gerade ihre Hand aus dem Wasser zurückziehen, da ließ der Krake von Andreas Hofer ab und umschlang mit allen acht Tentakeln ihren rechten Arm.
Franzi machte große Augen.

»Ich glaube, du hast einen neuen Freund gefunden«, stellte Marie fest und wich einen weiteren Schritt zurück.
Der Krake rutschte wieder ein Stück zurück ins Wasser, dabei hielt er Franzis Hand weiter fest umschlungen.
»Ähm«, machte Franzi und sah den Tierpfleger verunsichert an. »Er zieht aber ganz schön an mir.«
»Er mag dich eben.« Der Tierpfleger seufzte. »Und er mag glänzende Sachen.«
Im nächsten Moment wurde Franzis Arm noch weiter unter Wasser gezogen. Kim trat alarmiert einen Schritt vor und hielt sie an der Schulter fest. »Pass auf!«
Karlo hatte sich am Fels festgekrallt und versuchte, mit einem freien Tentakel die Armreifen von Franzis Hand zu ziehen.
»Das geht aber nicht«, sagte Andreas Hofer. Er begann behutsam, einen Fangarm von Franzis Hand zu lösen. Kaum hatte er jedoch einen Tentakel weggeschoben, erschienen drei weitere und kringelten sich um Franzis Hand. Das Spiel dauerte eine Weile an, schließlich aber hatte Karlo offenbar keine Lust mehr. Er ließ von Franzis Hand ab und schmiegte sich an den Beckenrand.
»Du Frechdachs!« Franzi sah den Oktopus ganz verliebt an.
David blätterte kurz in seinem Notizbuch. »Sie sagten vorhin, Karlo ist ein *Zirrenkrake*, richtig? Ist diese Art denn besonders zutraulich?«
Andreas Hofer nickte. »Genau, Karlo gehört zur Art der *Eledone cirrhosa*, auch Zirrenkraken genannt. Ich glaube aber nicht, dass seine Zutraulichkeit mit der Art zusammenhängt. Es liegt wohl eher daran, dass Karlo noch ziemlich jung war, als er uns gebracht wurde. Der Tierarzt hat ihn auf zwei, drei

Monate geschätzt. Deswegen hat er sich so schnell an uns Menschen gewöhnt.«

»Das klingt logisch«, sagte David und machte wieder eine Notiz in sein Büchlein.

»Leider muss ich jetzt weiter. Ich vertrete gerade zwei Kollegen aus einer anderen Abteilung, die krank sind. Sonst würde ich gerne noch länger mit euch sprechen.«

»Vielen Dank, dass Sie uns Karlo gezeigt haben!«, rief Franzi begeistert.

»Sehr gerne!«, sagte Andreas Hofer sofort. »*AquaMagic* bietet übrigens auch Schnupperpraktika für interessierte Schüler an. Wer sich anmeldet, kann ein paar Stunden lang mit einem Mitarbeiter mitlaufen und kriegt dessen Arbeit hautnah mit.«

»Das wäre vielleicht etwas für mich«, meinte Franzi.

Andreas Hofer lächelte. »Seit Neuestem gibt es ja hier haufenweise Events. Das mit den Schülerpraktika finde ich, ehrlich gesagt, das einzig Vernünftige.«

Kim räusperte sich. »Ich hab ein Unterwasser-Shooting gewonnen. Das finde ich schon ziemlich gut!«

»Klar, kann ich verstehen.« Der Tierpfleger biss sich auf die Lippe. »Aber Kelver und Marts haben viele Leute eingestellt, die sich um diese Events kümmern, während sie die Verträge von mehreren Technikern und Tierpflegern nicht verlängert haben. Das finde ich bedenklich.« Er schob das Gitter wieder über das Becken. »Man sollte viel mehr Geld ins Personal stecken, das sich um die Tiere und die Technik kümmert. Aber es traut sich ja keiner mehr, etwas zu sagen, seit sie Manuel Hauser entlassen haben.«

Kim runzelte die Stirn. »Wer war das denn?«
»Das war der Assistent unserer Geschäftsführerin. Der hat kein Blatt vor den Mund genommen und den neuen Investoren auf den Kopf zugesagt, dass *AquaMagic* Probleme bekommen wird, wenn am Personal gespart wird.«
»Und dann hat er selbst ein Problem bekommen und ist entlassen worden«, ergänzte Kim.
»So ist es.« Der Tierpfleger lief zur Treppe zurück. »Anne Steiner hat zwar versucht, Kelver und Marts umzustimmen, aber da war nichts zu machen.«
»Verstehe ich das richtig«, fragte Marie, »es gibt diese beiden neuen Besitzer und dann noch die Geschäftsführerin?«
»Ja, genau. Dr. Steiner hat den Laden schon geleitet, als er noch dem Vorbesitzer gehörte. Kelver und Marts haben sie behalten, weil sie sich selbst auf dem Gebiet der Tierhaltung nicht auskennen.«
»Warum haben sie denn das Schauaquarium dann überhaupt gekauft?«, fragte Franzi.
Der Tierpfleger zuckte mit den Schultern. »Die beiden stecken ihr Geld in alle möglichen Geschäftsideen. Sie besitzen einen Indoor-Spielplatz, eine Firma, die große Bühnenevents plant, und noch vieles mehr. Und jetzt haben sie eben auch ein Schauaquarium.«
Franzi nickte nachdenklich.
Andreas Hofer begleitete die drei !!! und David bis zum Schausaal zurück und winkte zum Abschied. »Bis bald mal wieder!« Er wies auf einen Durchgang, aus dem ein bläuliches Licht herausschimmerte. »Übrigens, die Haie sind gleich nebenan.«

»Danke!« David sah sich kurz zu den Mädchen um. »Ich verschwinde nur noch mal schnell zum Klo.«
Kim nickte. »Bis gleich!«
Sie steuerte auf den Durchgang zu und stellte erstaunt fest, dass er direkt in einen mehrere Meter langen Glastunnel mündete. Der Tunnel führte mitten durch das Aquarium der Haie und Rochen. Im türkisblau schimmernden Wasser glitten große und kleine, graubraun gefleckte Haie über ihre Köpfe hinweg. Ein riesiger Rochen folgte und verdunkelte für Sekunden die Szene. Kim zog instinktiv den Kopf ein.
»Wahnsinn«, murmelte Marie. »Das ist ja, als würde man mit den Fischen im Meer tauchen!«
Kim nickte abwesend. Sie lief etwas schneller und wartete am Ende des Tunnels auf die anderen. Ihre Furcht vor engen Räumen hatte sie zwar mittlerweile gut im Griff, aber wirklich wohl fühlte sie sich an Orten mit wenig Platz nie.
Kim atmete tief durch, als sie endlich vor der Glasscheibe des Hai-Beckens stand.
Im nächsten Moment hallte eine weibliche Stimme durch den Saal und kündigte die Reinigungstaucherin an. Die Geschäftsführerin hielt ein Mikro in der Hand und bat die Besucher freundlich, näher zu kommen.
Franzi blickte sich um. »Daniel und Selina kann ich aber nicht entdecken.«
»In dem Gedränge ist das ja auch fast unmöglich!«, meinte Marie und stellte sich auf die Zehenspitzen, um sich umzusehen.
Kim hoffte, dass David sie nachher gleich finden würde.
Plötzlich kam Bewegung ins Hai-Becken. Eine Gestalt in ei-

nem schwarzen Neoprenanzug war eingestiegen und ließ sich langsam im Wasser herabsinken.
»Da ist Amelie Funke!«, rief Franzi.
Trauben von Luftblasen umspielten den Körper der Frau und mehrere Haie kamen neugierig näher. Einer stupste sie sogar an der Hand an. Ein Raunen ging durch die Menge. Kim spürte, wie sich ihre Nackenhaare aufstellten.
»Das ist Amelie Funke, eine unserer drei Reinigungstaucher, die wöchentlich die großen Aquarien sauber machen«, kommentierte die Geschäftsführerin. »Keine Sorge: Unsere Haie kennen die Taucher schon lange. Sie haben vorhin ihr Futter bekommen und werden sie garantiert nicht beißen.«
Die Taucherin fing seelenruhig an, die Frontscheibe des Aquariums mit einem Schaber und einem Lappen von Algen zu befreien. Die Haie schwammen jetzt unbeeindruckt an ihr vorbei. Nur eins der Tiere näherte sich bis auf wenige Zentimeter. Die Frau nahm den vielleicht einen Meter langen Katzenhai erst wahr, als dieser mit der Schnauze fast ihre Tauchermaske berührte. Amelie Funke steckte ihr Arbeitswerkzeug am Gürtel fest und wandte sich dem Tier zu.
»Das ist Horst«, erklärte Dr. Steiner. »Er fordert regelmäßig seine Streicheleinheiten ein.«
Kim sah fasziniert zu, wie die Taucherin dem Hai vorsichtig über die schmalen Flossen und den Rücken strich. Das Tier verhielt sich vollkommen still und schien die Berührungen ausgiebig zu genießen.
Im Saal herrschte gespannte Stille.
Franzi seufzte. »Ist das schön.«
Kim nickte und sah sich um. Wo blieb David denn?

Plötzlich ertönte ein spitzer Schrei. Eine hohe Frauenstimme rief: »Da kommt Wasser rein!«
Weitere Stimmen wurden laut, die Menge der Besucher geriet in Bewegung.
»Was ist los?«, fragte Marie.
Franzi sah sie mit weit aufgerissenen Augen an. »Keine Ahnung!«
»Es kommt vom Tunnel!«, rief ein Mann.
Im nächsten Moment ging das Licht im Saal aus und eine fahle Notbeleuchtung sprang an.

Nervöse Haie

Kim sah sich alarmiert um. Die Leute redeten aufgeregt durcheinander und wussten nicht, was sie tun sollten. Wenn es schlecht lief, würde womöglich gleich Panik unter den Besuchern ausbrechen! Kim packte Franzi und Marie und zog sie mit sich. »Wir müssen zur Seite ausweichen«, rief sie, während sie sich durch die Menge drängte. Sie steuerte in Richtung der Wand, an der die Geschäftsführerin stand. Kim sah, dass Dr. Steiner ein Handy aus der Hosentasche zog und anfing zu telefonieren. Sie wirkte sehr angespannt.
»Was ist los?«, rief eine Stimme aus der Menge. Einige Kinder fingen an zu weinen.
Dr. Anne Steiner steckte das Handy wieder weg und nahm das Mikrofon. Offensichtlich wurde die Soundanlage vom Notstromnetz versorgt, ihre Stimme erklang laut und deutlich über die Boxen an den Wänden. Sie versuchte, die Besucher zu beruhigen, und verwies auf die beiden Notausgänge, die gleich geöffnet werden würden.
Die Menschen blieben tatsächlich einigermaßen ruhig und begannen, sich langsam zu den Ausgängen zu bewegen.
»Verdammt!«, rief Franzi plötzlich und erstarrte. Sie zeigte auf das Hai-Becken. Die Taucherin und die Haie zeichneten sich im spärlichen Licht als dunkle Silhouetten ab. Die Frau sah sich um, dann blickte sie nach oben. Zwei Haie umkreisten sie. Die Tiere schienen immer nervöser zu werden.
Kim hielt den Atem an. Amelie Funke wich mit langsamen Schwimmbewegungen vor den Tieren zurück und begann

den Aufstieg. Der Abstand zu den Haien vergrößerte sich zunehmend. Kim atmete erleichtert aus.
Aber als die Taucherin das obere Drittel des Aquariums erreicht hatte, passierte es: Sie streifte bei einer Paddelbewegung mit der Hand einen Fels und zuckte zurück. Ihr Flossenschlag wurde hektisch, für einen Moment schien die Frau orientierungslos, dann fing sie sich wieder und setzte ihren Aufstieg fort. Dabei sah sie kurz auf eine ihrer Hände, die in Neoprenhandschuhen steckten. Kim kniff die Augen zusammen. Es war im Dämmerlicht zuerst nicht genau zu erkennen, aber bei genauem Hinsehen wurde deutlich, dass im Handschuh ein Schnitt klaffte. Eine kleine dunkle Wolke quoll daraus hervor. Blut!
Marie schlug sich die Hand vor die Augen. »Die Haie werden sie anfallen«, flüsterte sie.
Kim wagte nicht mehr hinzusehen. Sie starrte auf den Boden und stellte dabei erschrocken fest, dass er mit einer dünnen Schicht Wasser bedeckt war. Bevor sie etwas sagen konnte, packte Franzi sie an der Schulter. »Sie hat es geschafft! Jemand hat sie vom Versorgungsbereich aus rausgezogen.«
Kim sah auf. Als sie zum Becken blickte, war die Taucherin tatsächlich nicht mehr da. Nur der Putzlappen, der an ihrem Gürtel gehangen hatte, schwebte langsam auf den Grund des Beckens. Die Haie zogen wieder ruhig ihre Bahnen.
»Bin ich froh!«, rief Marie. Dann schaute sie erstaunt nach unten. »Der Boden ist nass.« Sie hob abwechselnd die Füße und leise patschende Geräusche erklangen. »Da muss ein Aquarium undicht sein.«

Kim nickte. »Ich glaube, beim Tunnel läuft Wasser heraus. Zumindest hat das vorhin jemand gesagt.«
In der Zwischenzeit waren die beiden Notausgänge geöffnet worden und die Besucher strömten nach draußen. Nur eine Handvoll Menschen war vor dem Hai-Becken stehen geblieben. Sie hatten die gefährliche Situation der Reinigungstaucherin ebenfalls beobachtet und sprachen nun aufgeregt miteinander.
»Lasst uns die Geschäftsführerin fragen, was passiert ist«, schlug Marie vor.
Dr. Anne Steiner telefonierte bereits wieder. Die Detektivinnen gingen auf sie zu. Als sie kurz vor der Frau standen, näherte sich ein großer Mann mit grau meliertem Haar. Die Geschäftsführerin bemerkte ihn und sah ihn erschocken an. Sie sprach kurz in ihr Handy und steckte es dann weg.
»Manuel! Was machst du hier?« Dr. Anne Steiner sah sich nervös um.
»Ich wollte mal sehen, wie es läuft …«, fing der Mann an.
Die Geschäftsführerin unterbrach ihn: »Bitte geh! Das gibt doch nur Ärger!«
Der Mann verzog das Gesicht. »Wie du meinst, wir sehen uns später.« Betont gelassen wich er einer großen Wasserpfütze aus und schlenderte weiter zu einem der Notausgänge.
Die drei !!! sahen sich irritiert an. Franzi zuckte mit den Schultern und ging auf Dr. Anne Steiner zu. »Entschuldigen Sie bitte! Was ist passiert? Wieso ist das Licht ausgegangen? Und wo kommt das Wasser her?«
Die Geschäftsführerin lächelte Franzi nervös an. »Macht

euch keine Sorgen. Wir haben alles im Griff. Aber bitte verlasst jetzt umgehend den Saal.«
»Wie geht es Amelie Funke?«, versuchte es Franzi erneut.
»Macht euch keine Sorgen. Es geht ihr gut. Sie hat eine Schnittwunde an der Hand, die aber nicht sehr tief ist.« Dr. Steiner seufzte. »Ich weiß, dass das alles sehr dramatisch ausgesehen hat, aber es ist wirklich alles in Ordnung. Frau Funke ist wohlauf!«
Bevor Franzi weitersprechen konnte, wurde sie von zwei Männern zur Seite gedrängt. Es waren die beiden Besitzer des Schauaquariums.
»Hallo?«, rief Franzi empört, aber die Männer streiften die Mädchen nur mit einem flüchtigen Blick.
Der etwas jüngere, Jan Kelver, sagte freundlich, aber bestimmt: »Bitte verlasst jetzt das Gebäude! Ihr bekommt draußen Freikarten. Es tut mir leid, dass das heute nicht so gut gelaufen ist! Kommt gerne nächste Woche wieder.« Dann wandte er sich an die Geschäftsführerin. »Wie konnte das passieren!«, rief er. »Und dann auch noch ausgerechnet am Eröffnungstag!«
Dr. Anne Steiner hob hilflos die Hände. »Die Techniker sind dabei, nach der Ursache zu forschen. Ich weiß nur, dass aus einem der Aquarien im Raum nebenan Wasser ausgetreten ist. Es muss in einen Stromschacht geflossen sein und einen Kurzschluss verursacht haben.«
»Die sollen sich mal beeilen!«, rief der andere Besitzer, Marts, ungehalten. »Es wird Tage dauern, bis das wieder trockengelegt und begehbar ist. Denken Sie mal daran, wie viele Eintrittsgelder uns entgehen!«

Dr. Anne Steiner nickte. »Wir tun, was wir können.«
»Das will ich hoffen«, zischte Hanns Marts. »Und sehen Sie zu, dass sich dieser Tierpfleger endlich wieder einkriegt. Sonst ist er der Nächste, der geht!«
Die Geschäftsführerin sah Marts irritiert an. »Wen meinen Sie?«
»Na, den Mann, der sich um unseren speziellen Kraken kümmert!«
Wie auf Kommando stürzte Andreas Hofer auf die Gruppe zu.
»Manuel hatte recht!«, ereiferte sich der Tierpfleger. »Hier wird zu sehr an der Technik gespart!«
Kelver und Marts nickten Anne Steiner kurz zu. »Wir verlassen uns auf Sie!«, sagte der Ältere eisig. Ohne sich zu verabschieden, rauschten die Männer davon.
Der Tierpfleger sah ihnen sprachlos hinterher. Dann drehte er sich zu Anne Steiner um: »Frau Dr. Steiner, das geht so nicht weiter! Sie sehen ja, was jetzt passiert ist. Was ist mit Amelie?«
»Herr Hofer, bitte beruhigen Sie sich!« Die Geschäftsführerin seufzte. »Wir wissen doch noch gar nicht, was die Ursache ist. Und Frau Funke geht es gut. Sie wird von den Kollegen versorgt.«
Der Tierpfleger schnaubte. »Da ist garantiert irgendwo geschlampt worden und keiner hat es gemerkt, weil alle überarbeitet sind. Wir brauchen mehr Personal!«
Die Geschäftsführerin zog die Augenbrauen hoch. »Ich glaube, das reicht für heute. Wir reden später weiter, in Ordnung?«

Der Tierpfleger zögerte, nickte aber schließlich. In dem Moment bemerkte Anne Steiner, dass Kim, Franzi und Marie immer noch in der Nähe standen. Sie räusperte sich und fuhr sich mit beiden Händen durchs Haar. »Ich werde jetzt nach Frau Funke sehen. Bringen Sie bitte diese Mädchen nach draußen?« Sie klopfte dem Tierpfleger auf die Schulter und verabschiedete sich.

Andreas Hofer sah Kim, Franzi und Marie hilflos an. »Es tut mir leid, dass ihr diese Aufregung mitbekommen habt. Aber jetzt habt ihr gesehen, vor was Manuel immer gewarnt hat!« Er wischte sich mit einer fahrigen Bewegung über das Gesicht. »Ich muss unbedingt nachsehen, wie es meinen Tieren geht«, murmelte er. »Die Besucher sind sehr laut geworden, als sie das Wasser bemerkt haben. Und jetzt hantieren die Techniker da auch noch herum. Ich hoffe, Karlo und die anderen Tiere sind nicht total verstört.« Der Tierpfleger verabschiedete sich hastig von den Mädchen. Er schien völlig vergessen zu haben, dass er sie nach draußen begleiten sollte.

Die drei !!! sahen sich an. »Ich will wissen, was da los ist«, raunte Kim ihren beiden Freundinnen zu.

Franzi und Marie nickten.

Die Detektivinnen folgten dem Mann.

»Warten Sie, bitte!«, rief Franzi. »Dürfen wir mitkommen? Wir wollen wissen, ob es Karlo gut geht!«

Der Tierpfleger drehte sich um und lächelte kurz. »Ihr seid wirklich echte Tierfreunde, was?« Er zögerte einen Moment. »Na gut«, sagte er schließlich. »Kommt mit.«

Mehrere Mitarbeiter von *AquaMagic* waren im angrenzenden Saal damit beschäftigt, Wasser vom Boden aufzu-

wischen. Sie waren so konzentriert bei der Arbeit, dass sie noch nicht einmal aufsahen.
Das Aquarium des Kraken wurde von der Notbeleuchtung nur spärlich erhellt. Dennoch war Karlo sofort zu sehen: Er hatte sich auf die Schulter der Nixen-Statue geschmiegt und seine acht Arme eng um ihren Kopf geschlungen.
Franzi lief langsam auf das Becken zu. »Die Aufregung scheint ihm nichts ausgemacht zu haben«, stellte sie fest.
»Zum Glück«, sagte Andreas und betrachtete die anderen Aquarien. »Bei den Krabben und den Meeresschildkröten ist auch alles ruhig.«
Kim sah zur Tür des Versorgungsraums. Sie stand offen und die Stimmen mehrerer Leute waren zu hören. Plötzlich erschien ein kleiner, untersetzter Mann in blauer Arbeitskleidung im Türrahmen. Er sah Andreas und winkte ihm zu.
»Da bist du ja! Kommst du mal her?«
Der Tierpfleger nickte den drei !!! zu. »Einen Moment bitte, bin gleich wieder da!«
Die drei !!! fackelten nicht lange und folgten den Männern.
»Wir haben ein verstopftes Ablaufventil gefunden«, hörte Kim den Techniker sagen. »Becken drei mit den Krabben ist übergelaufen.« Kim trat einen Schritt weiter vor, um besser in den Raum sehen zu können. Der Techniker zeigte auf das Aquarium neben Karlos Becken. »Da ist ein Haufen Pflanzenmaterial im Filter.«
»So was passiert, wenn an der Wartung gespart wird«, sagte Andreas sofort aufgebracht.
Der Techniker zog eine Augenbraue hoch. »Sei mal nicht so voreilig.«

Kims Blick fiel auf die Wochenplaner über dem Schreibtisch. Sie kniff die Augen zusammen und entzifferte die Schrift. Schließlich rief sie: »Entschuldigung!«, und die Männer drehten sich überrascht um.
Der Techniker runzelte die Stirn. »Was hast du hier zu suchen?«
»Das ist schon in Ordnung«, beeilte sich Andreas Hofer zu sagen. »Die Mädchen sind mit mir hergekommen.«
»Mensch! Andreas, wenn das die Chefin mitkriegt, bist du geliefert!«, blaffte der Techniker. »Und ich auch«, ergänzte er noch.
»Ich bringe sie gleich zum Ausgang«, versprach Andreas und sah die drei !!! an. »Dann gehen wir mal!«
Kim räusperte sich. »Einen Moment, bitte. Laut Plan wurde die Technik von Becken drei erst gestern kontrolliert. Werden dabei denn die Ventile nicht überprüft?«
»Selbstverständlich«, sagte der Techniker sofort. Er sah zum Plan an der Wand. »Mein Kollege Janni Weber hatte Dienst. Der ist absolut zuverlässig.«
»Wie kann es denn sein, dass sich in so kurzer Zeit so viel Schmutz im Ablauf gesammelt hat?«, wollte Kim wissen.
Andreas Hofer schüttelte langsam den Kopf. »Das ist eigentlich unmöglich.«
»Überprüft mal die Wasserpflanzen«, meinte der Techniker. »Vielleicht ist eine dabei, die gerade vermehrt Blätter abstößt.«
Der Tierpfleger runzelte die Stirn. »Das sind doch keine Bäume, die jetzt im Herbst ihr Laub verlieren!«
»Vielleicht haben die Ventile auch eine Fehlfunktion«, dach-

te der Techniker laut nach. »In den letzten beiden Wochen war der Ablauf der Becken fünf und vier dicht. Wir haben das gerade noch rechtzeitig gemerkt, sonst wäre womöglich viel früher etwas passiert. Jetzt müssen wir aber dringend die Elektrik reparieren.«
Andreas Hofer wandte sich zu den drei Mädchen. »Ich begleite euch raus.«
»Können wir noch bei Amelie Funke vorbeigehen?«, bat Franzi. »Ich will wissen, wie es ihr geht!« Der Tierpfleger schüttelte den Kopf. »Ihr habt doch gehört, was Dr. Steiner gesagt hat. Es geht ihr so weit gut. Bitte, kommt jetzt mit!«
Franzi sah Kim und Marie fragend an.
Kim seufzte und hängte sich die Henkel ihrer Geschenktasche über die Schulter. »Lasst uns gehen.«
Beim Notausgang angekommen, verabschiedete sich Andreas Hofer mit einem matten Lächeln. »Wenn ihr Karlo mal wieder sehen wollt, meldet euch gerne!«
»Das ist nett, danke«, sagte Kim. »Ich hoffe, bei Ihnen läuft bald alles wieder normal.«
»Hm«, murmelte der Tierpfleger. »Vielleicht ist es auch ganz gut so, dass jetzt mal was passiert ist.« Er winkte und ließ die Tür ins Schloss fallen.
»Das meint er jetzt wohl nicht ernst«, sagte Franzi. Sie rüttelte am Türknauf. »Mensch, ich will wissen, ob mit Amelie Funke wirklich alles in Ordnung ist!«
Kim legte ihrer Freundin eine Hand auf die Schulter. »Hier kommen wir nicht mehr rein.« Sie überlegte kurz. »Lasst uns nachsehen, ob der Haupteingang noch offen ist.«
»Gute Idee!«, rief Franzi und lief los.

Einige Besucher standen in Gruppen zusammen und sprachen aufgeregt über den Vorfall. Kim sah, dass viele von ihnen Eintrittskarten in den Händen hielten, die *AquaMagic* als Entschädigung verteilt hatte. Im Vorbeigehen hörte Kim, wie eine Frau verärgert zu einer anderen Frau sagte: »Ich weiß nicht, ob wir noch mal herkommen. Die haben ihren Laden wohl nicht ganz im Griff!«

»Allerdings«, antwortete die andere Frau. »Es ist doch sehr bedenklich, wenn so etwas gleich bei der Eröffnung passiert.«

Kim runzelte die Stirn. »Womöglich hat jemand das Ventil absichtlich verstopft, um damit ein Chaos zu verursachen?«

»Du meinst, das war Sabotage?« Marie strich sich ein paar Haarsträhnen aus dem Gesicht und sah Kim gespannt an.

»Ja, vielleicht!« Im nächsten Moment riss Kim die Augen auf. Sie hatten den Haupteingang von *AquaMagic* schon fast erreicht. Ein Krankenwagen stand davor!

»Der Taucherin scheint es doch nicht so gut zu gehen!«, rief Franzi und rannte los.

Im selben Moment öffnete sich die Eingangstür und die Geschäftsführerin trat zusammen mit den beiden Besitzern heraus. Drei weitere Personen folgten: Es waren zwei Männer und eine Frau. Kim brauchte einen Moment, um zu erkennen, dass es sich dabei um Amelie Funke und die beiden Männer handelte, die sie vorhin beim Streit mit Dr. Steiner gesehen hatte. Die Taucherin trug eine bunte Mütze, unter der sich ein paar feuchte Haarsträhnen hervorkringelten. Ihre linke Hand war verbunden.

»Da ist sie ja«, rief Franzi. »Es geht ihr gut, zum Glück!«

Kim nickte mechanisch.

Die junge Frau deutete zum Krankenwagen, sagte etwas und schüttelte den Kopf. Dr. Steiner zuckte mit den Schultern und lief zum Fahrer des Wagens. Während sie mit dem Fahrer sprach, redeten plötzlich Kelver und Marts wild gestikulierend auf Amelie Funke ein.
Ihre beiden Begleiter schalteten sich ein und erschrocken beobachteten die drei !!!, dass es zu einem Handgemenge kam. Auch Anne Steiner bemerkte es und lief zu der Gruppe zurück. Der Krankenwagen wurde angelassen und fuhr langsam an. Dadurch wurde Kim die Sicht auf die streitende Gruppe versperrt. Sie trat einen Schritt zur Seite und reckte den Hals.
»Was haben die bloß für ein Problem?«, murmelte sie. Sie sah Franzi und Marie an. »Ich habe euch doch vorhin von dem Streit erzählt, den die Besitzer von *AquaMagic* mit drei Leuten hatten. Das waren Amelie Funke und diese beiden Männer!«
»Interessant! Und jetzt streiten sie schon wieder«, sagte Marie.
Kim wollte gerade einige Schritte näher herangehen, um zu hören, was gesprochen wurde, da klingelte ihr Handy. Sie sah kurz auf das Display und ihr Herz fing sofort an, wie wild zu klopfen.

Warum bloß?!

<u>Detektivtagebuch von Kim Jülich</u>
<u>Sonntag, 10:00 Uhr</u>
Gestern bei der Eröffnungsparty von AquaMagic *sind äußerst seltsame Dinge geschehen. Ein Becken ist übergelaufen, das Licht ist ausgefallen und eine Taucherin ist verunglückt! Außerdem gab es zweimal einen Streit zwischen den Besitzern und genau dieser Taucherin und ihren beiden Kollegen. Was ist da los?!*
Ich habe gerade im Internet recherchiert und bin auf einen möglichen Grund für die Auseinandersetzungen gestoßen. Es könnte um eine Seite in einem Info-Flyer von AquaMagic *gehen, auf der steht, dass das Schauaquarium Umweltschutzorganisationen unterstützt und finanziert. Ich habe aber herausgefunden, dass mehrere Organisationen gar kein Geld mehr von* AquaMagic *bekommen, seit Kelver und Marts das Unternehmen übernommen haben. Trotzdem machen die Besitzer in ihrem Flyer weiterhin Werbung mit der angeblichen Unterstützung.*
Das alles schreibt Amelie Funke auf der Homepage einer der betroffenen Umweltschutzorganisationen. Sie hilft dort nämlich ehrenamtlich bei der Öffentlichkeitsarbeit. Und sie ruft dazu auf, AquaMagic *entweder auf Schadensersatz zu verklagen oder zur sofortigen Wiederaufnahme seiner Spendenzahlungen zu bewegen. Es geht, wenn ich es richtig verstanden habe, um ziemlich viel Geld. Könnte das der Grund für den Streit sein?*
Ich muss das nachher unbedingt mit Franzi und Marie besprechen. Zum Glück haben beide sofort einer außerordent-

lichen Detektivbesprechung im Pferdeschuppen zugestimmt. Wir müssen alle Fakten zusammentragen und dann entscheiden, wie wir weiter vorgehen.

Es kann schon sein, dass alles, was passiert ist, purer Zufall und eine Verkettung unglücklicher Umstände war. Vielleicht ist das Aquarium einfach übergelaufen, weil das Ventil einen technischen Defekt hatte, der ganz plötzlich aufgetreten ist. Das Wasser ist in den Elektroschacht gelaufen und hat einen Kurzschluss verursacht, der wiederum dafür gesorgt hat, dass die Taucherin und die Haie in der Dunkelheit nervös geworden sind. Das wäre einfach Pech gewesen, wobei Amelie Funke ja zum Glück lebend aus dem Wasser herausgekommen ist.

Allerdings sind gestern noch ein paar Dinge passiert, die auch einen anderen Verdacht nahelegen: nämlich, dass die Taucherin gezielt in die gefährliche Situation gebracht wurde! Jedenfalls haben Franzi und Marie ein Streitgespräch belauscht, das die Geschäftsführerin und die beiden Besitzer von AquaMagic *mit Amelie Funke und zwei ihrer Kollegen geführt haben. (Ich war in dem Moment leider durch einen Anruf abgelenkt, sehr peinlich. Mehr dazu später im geheimen Tagebuch …) Franzi meinte, dass dieser Jan Kelver Amelie Funke richtig böse angesehen hat. Er hat ihr wohl gesagt, dass sie den Bogen nicht überspannen und auf sich aufpassen soll. Frau Funke ist daraufhin ganz blass geworden und hat angefangen zu zittern. Die Geschäftsführerin war völlig verunsichert und hat gesagt, dass sie die drei morgen Nachmittag Punkt fünfzehn Uhr in ihrem Büro sprechen will. Daraufhin haben Kelver und Marts die Frau zur Seite gezogen und haben auf sie eingeredet. Amelie Funke und die beiden Männer sind weggegangen, wobei die Taucherin*

so durcheinander war, dass ihr die Tasche von der Schulter gerutscht und der komplette Inhalt auf dem Boden gelandet ist. Marie ist hingelaufen und hat ihr geholfen, die Sachen einzusammeln. Dabei hat sich ein kurzes, sehr merkwürdiges Gespräch entwickelt: Marie hat gesagt, dass sie den Unfall gesehen hat und echt froh ist, dass nicht mehr passiert ist. Amelie Funke ist beinahe in Tränen ausgebrochen und hat gestammelt, dass sie sich Sorgen macht. Franzi hat gefragt, ob sie irgendwie helfen kann. Aber da hat einer der Begleiter seinen Arm um die Frau gelegt und sie aufgefordert zu gehen. Zu Marie und Franzi meinte er, dass alles in Ordnung sei. Amelie sei einfach nur fertig von dem Vorfall. Es ging alles so schnell und Marie war so verblüfft, dass sie überhaupt nicht daran gedacht hat, unsere Visitenkarte zu überreichen und Amelie Funke zu sagen, dass sie sich bei uns melden kann, wenn irgendetwas doch nicht in Ordnung ist. Denn danach sah es definitiv aus!
Amelie Funke ist mit ihren Begleitern in ein in der Nähe geparktes Auto gestiegen und weggefahren.
Das ist doch alles mehr als merkwürdig! Was geht hier vor sich?! Hat jemand vielleicht doch absichtlich das Ventil am Aquarium verstopft, damit genau das passiert, was passiert ist?! Sind dieser »Jemand« Kelver und Marts?! Haben sie Amelie Funke in die gefährliche Situation im Hai-Becken gebracht, um sie einzuschüchtern? Um sich dafür zu rächen, dass sie die falschen Angaben im Flyer angeprangert hat?
Das wäre allerdings sehr heftig!
Was auch immer hinter allem steckt, eins ist sicher: Amelie Funke hat Angst, große Angst. Wovor genau?!
Ich habe ein extrem ungutes Gefühl.

Geheimes Tagebuch von Kim Jülich
Sonntag, 10:30 Uhr

Meine Einladung ins Hai-Becken gilt übrigens immer noch …

Warum bloß habe ich David damals gesagt, dass ich ihn nur als Kumpel mag? Weil es mir vielleicht vor vier Wochen wirklich so ging? Oder wollte ich damals meine Gefühle für ihn einfach nicht wahrhaben? Wie auch immer, jetzt kann ich mein Herz nicht mehr überhören. Hilfe! Ich bin verliebt!

Und ich bin verzweifelt. Vielleicht hat David nämlich schon längst eine Freundin!

Also, eins nach dem anderen: Zuerst war ich vollkommen durcheinander, als David gestern plötzlich auch im AquaMagic *aufgetaucht ist. Als er mich aber gefragt hat, ob wir uns am Dienstag treffen und zusammen diese Futteranlage basteln wollen, habe ich mich einfach nur gefreut! Ich hab mich sooooo gefreut!*

Dann hat David gestern noch mal angerufen, als ich mit Franzi und Marie vor dem AquaMagic *stand. Er wollte wissen, wo wir stecken und ob alles in Ordnung bei uns wäre nach diesem merkwürdigen Vorfall. Er und seine Freunde hatten draußen auf uns gewartet, waren aber nach einer Weile gegangen, weil sie dachten, wir wären doch schon weg. David hat gesagt, dass er sich schon total auf Dienstag freut. Und dann meinte er noch, dass ich wirklich ein toller Kumpel sei! Das fand ich dann allerdings nicht mehr so toll. Zumal im Hintergrund diese Selina gerufen hat: »Kommst du endlich, Dave?« Sie hat ihn wirklich DAVE genannt. Was soll das denn?! Ich weiß nicht, ob der andere Junge auch dabei war. Oder ist David gestern etwa noch alleine mit dem Mädchen unterwegs gewesen?!*

Mist, jetzt bin ich auch noch eifersüchtig. Vielleicht ist alles zu spät. Habe ich meine Chance verpasst? Ist diese Selina Davids neue Freundin?!
Das darf doch alles einfach nicht wahr sein. Ich muss unbedingt mit David reden. Aber wie soll ich es ihm sagen?
Vielleicht sage ich besser gar nichts, sondern gebe ihm einen Zettel mit dem Haiku drauf, das ich gestern Nacht geschrieben habe?

Alles ist anders
Mein Herz hat plötzlich Flügel
und will hin zu dir

Oder ist das jetzt wieder zu viel?!?!
Hilfe! Ich glaube, ich werde gleich verrückt. Ich muss Franzi und Marie nachher unbedingt fragen, was ich machen soll. Oder lieber nicht. Oder doch?! Oh, Mann!!! Warum muss das mit der Liebe so schwer sein?!?!
Wie gut, dass gleich die Detektivbesprechung im Pferdeschuppen stattfindet. Das ist meine Rettung.

»Jetzt noch mal ganz langsam«, sagte Marie und nahm einen Schluck von ihrer Cola. »Du meinst, die haben Streit, weil im Flyer steht, dass *AquaMagic* eine Umweltschutzgruppe finanziert, obwohl das nicht stimmt?«
»Woher weißt du das überhaupt?«, fragte Franzi.
Während Kim auf ihrem mitgebrachten Laptop tippte, erklärte sie: »Mir ist gestern Abend beim Auspacken meiner Geschenktasche wieder der Flyer in die Hände gefallen. Ich

fand, dass es definitiv so aussah, als hätte jemand den Text auf der letzten Seite markiert. Also habe ich probehalber die Organisationen im Internet eingegeben. Und dann kam ich drauf.« Sie drehte den Bildschirm zu Marie und Franzi rüber.

»*Pro Ozeane e. V.*«, las Franzi vor. »*Für die Reinhaltung der Meere.*« Sie scrollte weiter nach unten. »Die sitzen hier bei uns in der Stadt! Und hier sind Fotos der Mitglieder …«

Marie tippte leicht auf den Bildschirm. »Jetzt verstehe ich dich: Da ist Amelie Funke«, stellte sie fest. »Sie hilft bei der Öffentlichkeitsarbeit für den Verein mit.«

»Und weiter unten sind die beiden Männer, die bei ihr waren«, ergänzte Franzi. »Simon Tauber und Thomas Schubart, erster und zweiter Kassenwart.«

»Alle drei sind engagierte Mitglieder von *Pro Ozeane*«, sagte Kim. Sie nahm einen Keks vom Gebäckteller auf dem Tisch und sah ihn misstrauisch an. »Der ist gekauft!«

»Meine Mutter ist auf einem Konditor-Seminar«, sagte Franzi abwesend. Sie studierte gerade die Blogeinträge. »Selbstgebackenes gibt's erst ab Montag wieder.«

Marie biss in einen Keks, verzog das Gesicht und legte das angebissene Stück zurück auf den Teller. »Ich bin einfach verwöhnt.«

»Seht mal bei den Blogeinträgen vor vier Wochen nach«, sagte Kim und knabberte an ihrem Keks. »Amelie Funke war ziemlich aktiv.«

Franzi und Marie beugten sich zum Bildschirm.

Während ihre Freundinnen die Seite studierten, sah sich Kim in ihrem Hauptquartier um. Es war wirklich großes

Glück, dass Franzis Eltern ihnen den alten Pferdeschuppen überlassen hatten. Sie hatten das von außen unscheinbare Gebäude vor langer Zeit gemeinsam entrümpelt und in liebevoller Kleinarbeit neu eingerichtet, sodass sie hier ihre umfangreiche Ausrüstung für die Ermittlungsarbeit aufbewahren und ihre Besprechungen abhalten konnten. Mit dem bunten Flickenteppich auf dem Boden, dem Bollerofen in der Ecke und einem Tisch mit vier Stühlen drumherum war der Schuppen einfach urgemütlich. Kim konnte sich absolut keinen besseren Ort für das geheime Hauptquartier vorstellen.

Franzi sah auf. »Das ist doch eine Frechheit!«, rief sie und zog energisch das Haargummi an einem ihrer Zöpfe fest. »*Pro Ozeane* ist auf regelmäßige Spendengelder dringend angewiesen und Kelver und Marts haben ihre ohne weitere Erklärung einfach eingefroren. Trotzdem behauptet *AquaMagic* weiterhin, dass sie Sponsoren sind.« Sie trommelte mit den Fingern auf die Tischplatte. »Das ist Betrug.«

Kim drehte ihr Glas in der Hand. »Das sagt Amelie Funke ja auch. Deswegen ruft sie im Verein dazu auf, das Schauaquarium zu verklagen.«

»Und du meinst, dass Kelver und Marts deswegen einen Anschlag auf sie verübt haben?« Marie runzelte die Stirn. »Das wäre krass!«

»Immerhin hat Kelver zu Amelie Funke gesagt, sie soll auf sich aufpassen. Das klingt doch sehr bedrohlich!« Kim schüttelte nachdenklich den Kopf. »Ich weiß nicht, was ich denken soll. Ich weiß nur, dass ich ein total ungutes Gefühl habe.«

Franzi schenkte Cola nach und stellte die Flasche zurück auf den Tisch. Sie seufzte. »Ich finde das Ganze ja auch sehr merkwürdig. Amelie Funke hat nach dem Streit mit Kelver und Marts richtig gezittert. Sie hat gesagt, dass sie sich Sorgen macht. Aber als Marie und ich mehr wissen wollten, war sie plötzlich distanziert.«
»Stimmt.« Marie schob ihren angebissenen Keks auf dem Teller hin und her. »Ich ärgere mich echt, dass ich der Frau nicht unsere Karte gegeben habe!«
Kim zuckte mit den Schultern. »Das können wir immer noch nachholen.«
»Unbedingt«, meinte Franzi.
Kim biss sich auf die Lippe. »Erinnert ihr euch übrigens an den großen grauhaarigen Mann, der direkt nach dem Vorfall mit Dr. Steiner sprechen wollte?«
»Jetzt, wo du es sagst, fällt er mir wieder ein«, meinte Marie. »Der war merkwürdig.«
»Die Geschäftsführerin wollte nicht, dass man ihn bei *AquaMagic* sieht«, murmelte Kim. »Sagt mal, hat sie ihn Manuel genannt?«
Franzi nickte. »Ich glaube, ja.«
»Der Tierpfleger hat von diesem Ex-Assistenten erzählt, der von Kelver und Marts rausgeworfen wurde. Der hieß Manuel Hauser. Ist das jetzt Zufall?« Kim sprang auf und lief nervös auf und ab. »Wenn das wirklich der Ex-Assistent war – was hatte er an dem Tag bei *AquaMagic* noch zu suchen? Und wenn ich schon dabei bin, Verdächtige aufzuzählen: Der Tierpfleger hat sich meiner Meinung nach auch seltsam verhalten.« Kim umrundete die alte Kutsche, die in einer

Ecke des Pferdeschuppens stand und in der sie absolut geheime Gespräche bei heruntergeklapptem Verdeck führen konnten. »Er hat ständig betont, dass es zu wenig Personal gibt. Und dann hat er ganz zum Schluss gesagt: *Vielleicht ist es ganz gut, dass jetzt mal was passiert ist!*« Kim seufzte. »Andreas Hofer könnte den Abfluss verstopft haben, damit es ein Chaos gibt und die Geschäftsführung handelt!«
Franzi sah Kim aus großen Augen an. »Das kann ich mir nicht vorstellen!«
Kim strich nachdenklich über eines der bunten Ausrufezeichen, mit denen sie die Kutsche bemalt hatten. »Man kann nichts ausschließen«, murmelte sie.
Franzi schlug mit der flachen Hand auf den Tisch. »Wir sollten *AquaMagic* noch mal einen Besuch abstatten.«
Kim blieb ruhig. »Genau das wollte ich eben vorschlagen.«
»Ich bin dabei!«, rief Marie und angelte nach ihrem Matchbeutel unter dem Tisch. Sie zog ein silbernes Etui hervor, entnahm eine ihrer Visitenkarten und legte sie auf den Tisch.

»Hiermit beauftrage ich *Die drei !!!*, bei *AquaMagic* nachzuforschen!« Marie grinste schief. »Schon alleine, weil ich ungern beim Unterwasser-Shooting in ein Aquarium steigen möchte, wenn ich befürchten muss, dass etwas passiert.«
Kim schlug sich gegen die Stirn. »Das habe ich total vergessen. Wir müssen noch einen Termin ausmachen.«
»Eins nach dem anderen«, sagte Marie. »Das läuft uns ja nicht weg.«
»Gut«, sagte Kim. »Was haltet ihr davon, wenn wir uns morgen für so ein Schnupperpraktikum bewerben, von dem Andreas Hofer erzählt hat?«
»Das ist gut«, meinte Marie. »Dann können wir uns unauffällig umsehen.«
»Prima!«, stimmte auch Franzi zu. »Am Nachmittag haben Amelie Funke und ihre Kollegen das Gespräch mit der Geschäftsführerin. Vielleicht können wir sie abpassen und mit ihr reden!«
»Das wäre perfekt«, murmelte Kim. Ihr Blick fiel auf die große Wanduhr, die über der Kutsche hing, und sie zuckte zusammen. »Schon so spät! Ich muss gleich los, in einer Dreiviertelstunde gibt es Abendessen.«
Kims Mutter hatte als Rektorin einer Grundschule viel zu tun und war öfter mittags nicht zu Hause. Daher legte sie großen Wert darauf, dass die Familie wenigstens abends gemeinsam aß und keiner zu spät kam.
Kim sah hektisch zwischen Franzi und Marie hin und her. »Ich muss euch aber noch etwas fragen. Also, ich … ich …«, stotterte sie los. »Ich bin am Dienstag doch mit David verabredet und ich glaube, ich bin …« Kim zögerte.

»… verliebt!«, ergänzte Franzi Kims Satz. »Hab ich doch immer schon gesagt!« Sie strahlte Kim an.
»Steh zu deinen Gefühlen«, sagte Marie ruhig. »Rede endlich mit David!«
»Und wenn er mich doch nur als gute Freundin haben will?« Kim schluckte. »Weil er mit einem anderen Mädchen zusammen ist? Zum Beispiel mit dieser Selina?«
Marie seufzte. »Das kann ich mir zwar nicht vorstellen, aber du wirst es nur herausfinden, wenn du mit David sprichst!«
Kim nickte.

Da stimmt doch was nicht!

Die Detektivinnen trafen sich am nächsten Tag gleich nach dem Mittagessen vor dem *AquaMagic*. Der große Oktopus auf dem Dach des Gebäudes wogte, von Windböen getrieben, auf und ab und lächelte dem Nieselregen entgegen.
Kim zog sich die Kapuze vom Kopf und warf einen Blick auf die Ballonfigur. »So gute Laune hätte ich auch gerne«, murmelte sie.
Marie sah Kim mitleidig an. »Schlecht geschlafen?«
»Allerdings.« Kim rieb sich die Augen. Immer wieder war sie in der letzten Nacht aus einem unruhigen Halbschlaf aufgewacht und hatte abwechselnd an David und an die Vorkommnisse im Schauaquarium denken müssen. Entsprechend schlecht war sie am Morgen rausgekommen. Durch die sechs Schulstunden, inklusive einer Doppelstunde Sport, hatte sie sich mit letzter Kraft durchgekämpft. Jetzt fühlte sie sich vollkommen gerädert.
Als Kim aber in Franzis unternehmungslustiges Gesicht blickte, ging es ihr gleich ein bisschen besser. Ihre Freundin umarmte sie und raunte: »Die drei !!! legen los!«
Kim straffte die Schultern. »Hoffentlich funktioniert das mit den Schnupperpraktika.«
»Warum sollte es nicht klappen?«, fragte Franzi achselzuckend. »Im Notfall sprechen wir den Tierpfleger an. Er hat uns doch angeboten, Karlo zu besuchen.«
»Genau«, stimmte Marie zu und lief durch die sich öffnenden Glastüren in die Vorhalle.

Sie steuerte auf den Tresen zu, an dem die Tickets verkauft wurden. Ein älterer Mann saß dahinter und erklärte gerade einer Frau mit einem kleinen Mädchen und einem kleinen Jungen, dass der Eintrittspreis um die Hälfte reduziert sei, weil zwei Säle wegen eines Wasserschadens für das Publikum geschlossen waren. Er deutete auf das Hai-Becken und den Raum mit dem Riff der Kraken auf dem Plan hinter sich an der Wand.

»Ich will aber zu den Haien«, sagte das Mädchen und verzog das Gesicht.

»Du kannst dir die Piranhas ansehen«, entgegnete der ältere Herr freundlich. »Die haben noch schärfere Zähne als Haie!«

»Au ja!« Der Junge bekam leuchtende Augen. »Die können innerhalb von Sekunden ein ganzes Pony zerfleischen«, rief er begeistert. »Da müssen wir hin!«

Das Mädchen stieß einen Schrei aus und sah den Mann hinter dem Tresen entsetzt an. »Ein Pony«, murmelte sie.

»Torben.« Die Frau verdrehte die Augen. »Du sollst deiner kleinen Schwester nicht immer so einen Mist erzählen.«

Der ältere Herr räusperte sich. »Im Prinzip hat der Junge recht.« Er lächelte das Mädchen aufmunternd an. »Aber du kannst ganz beruhigt sein, bei uns werden keine Ponys verfüttert.«

Das Mädchen verschränkte die Arme vor der Brust. »Ich geh da nicht rein.«

Mit einem entschuldigenden Blick zog die Frau ihre Kinder zur Seite. Sie begann auf das Mädchen einzureden.

Kim lächelte und sprach den Mann hinter dem Tresen an: »Guten Tag! Wir interessieren uns für das Schnupperprakti-

kum für Schüler, das Sie anbieten. Wo kann man sich denn da melden?«
Der Mann sah Kim erstaunt an. »Davon weiß ich gar nichts!« Er griff nach dem Telefon neben sich auf dem Tresen. »Aber ich arbeite nur aushilfsweise hier. Wartet bitte einen Moment, ich frage mal nach.«
»Das ist nett, danke«, sagte Kim. Sie wechselte einen Blick mit Franzi und Marie, während der Mann telefonierte. Aus den wenigen Worten, die sie hören konnte, ging hervor, dass er mit Dr. Steiner sprach. Nach kurzer Zeit legte der Mann auf und lächelte die drei !!! an. »Wenn ihr möchtet, könnt ihr jetzt gleich mit unserer Geschäftsführerin sprechen. Sie hat gerade noch etwas Zeit. Die Schnupperpraktika waren ihre Idee. Sie freut sich, dass es so schnell Interessenten gibt, und möchte euch gerne persönlich kennenlernen.«
Marie stupste Kim unauffällig an und zischte: »Etwas Besseres konnte uns nicht passieren.« Sie schenkte dem Mann ein strahlendes Lächeln. »Das ist ja toll!«
»Die Büros befinden sich im zweiten Stock. Am besten nehmt ihr den Aufzug.« Er wies schräg hinter sich.
Als sich die Lifttüren wenige Minuten später öffneten, sahen die Detektivinnen, dass Dr. Anne Steiner bereits in der Tür zu ihrem Büro auf sie wartete. Die Frau lächelte Kim erstaunt an. »Dich kenne ich doch irgendwoher?«
Kim nickte. »Ich war am Samstag zur Preisverleihung hier.« Sie sah unauffällig auf das Schild, das an der Tür neben dem Büro von Dr. Steiner angebracht war. »Jan Kelver«, stand darauf.
»Richtig, jetzt erinnere ich mich!«, rief Dr. Steiner. »Dann

hat es dir bei uns so gut gefallen, dass du gleich ein Praktikum machen möchtest. Wie schön!«

»Ähm, genau«, antwortete Kim zögerlich. Sie stellte Marie und Franzi vor und die dunkelhaarige Frau bat die Mädchen in ihr Büro. Der Raum war groß und in einem hellen Gelb gestrichen, sodass er selbst an diesem grauen Regentag freundlich wirkte. Vor dem Fenster war das mit Efeu überrankte Geländer einer Fluchttreppe zu sehen.

In der Mitte des Zimmers stand ein Schreibtisch aus Holz, auf dem sich Aktenordner, Papiere und Bücher um einen Monitor und eine Computertastatur herum stapelten. An der gegenüberliegenden Wand war neben einem großen Aktenschrank eine Besprechungsecke eingerichtet, die aus einem ovalen Tisch und acht Stühlen bestand. Dr. Steiner räumte schnell einige Ordner und einen Laptop vom Tisch und legte die Sachen auf den Boden.

»Nehmt bitte Platz!«, bot sie den Mädchen an, während sie sich einen Stift und eine Mappe vom Schreibtisch schnappte. »Entschuldigt die Unordnung, ich habe gerade keine Assistenz. Da bleibt so manches liegen.« Sie setzte sich zu Kim, Franzi und Marie und klappte die Mappe auf.

Kim packte die Gelegenheit beim Schopf. »Warum haben Sie denn keine Hilfe?«

Die Geschäftsführerin klopfte mit dem Stift auf den Tisch und runzelte die Stirn. »Es gab einige Umstrukturierungen in der letzten Zeit. Auch personeller Art. Sagen wir mal so: Ich habe seit zwei Monaten keinen Assistenten mehr, aber der städtische Zoo hat einen hervorragenden Abteilungsleiter in der Aquaristik gewonnen.«

»Ach so«, sagte Kim leise. Sie tauschte einen heimlichen Blick mit Marie. Das lief ja wie am Schnürchen: Sie waren kaum fünf Minuten mit der Geschäftsführerin im Gespräch und hatten schon Informationen zu diesem Manuel Hauser erhalten!

»Was erzähle ich da eigentlich?«, murmelte Dr. Steiner und sah auf ihre Armbanduhr. »Also, ihr interessiert euch für unsere Schnupperpraktika. Das finde ich sehr schön.«

Franzi fackelte nicht lange. »Einer Ihrer Tierpfleger, der sich um den Oktopus kümmert, hat uns am Samstag davon erzählt. Ich würde sehr gerne einmal ein paar Stunden bei ihm und Karlo verbringen!«

Die Geschäftsführerin nickte und machte sich eine Notiz. »Das dürfte kein Problem sein.«

»Super!«, rief Franzi. »Am liebsten würde ich sofort anfangen.«

Dr. Steiner lächelte. »Das ist leider ein bisschen zu spontan. Aber ich rufe Andreas Hofer mal an und frage, ob du in den nächsten Tagen kommen kannst, ja?«

Franzi nickte.

Dr. Steiner telefonierte kurz.

»Du hast es ja gehört: Morgen klappt es. Herr Hofer erwartet dich um 14:30 Uhr.«

Franzi strahlte. »Vielen Dank, super!«

Kim räusperte sich. »Mich würde interessieren, wie das hier alles geplant wird. Also, ich meine, auf der Chefetage. Daher fände ich ein Schnupperpraktikum bei Herrn Kelver und Herrn Marts spannend!«

Die Geschäftsführerin sah Kim überrascht an. »Das ist ja ungewöhnlich. Wir hatten eigentlich gedacht, dass alle Kinder und Jugendlichen nur zu den Tieren möchten.« Sie strich sich eine Haarsträhne hinters Ohr. »Außerdem sind die beiden gerade extrem beschäftigt. Ich fürchte, sie werden gar keine Zeit haben, etwas zu erklären. Und das wäre doch sehr schade, oder?«

Kim sah Dr. Steiner enttäuscht an. Sie überlegte fieberhaft, welches überzeugende Argument sie bringen konnte, damit sie doch noch in die Nähe der beiden Besitzer von *AquaMagic* gelangte. Leider fiel ihr auf die Schnelle nichts ein.

»Vielleicht möchtest du ja bei mir zusehen?«, schlug Dr. Steiner vor. »Den größten Teil der Organisation mache eigentlich sowieso ich.«

»Oh ja!«, rief Kim. »Das wäre natürlich auch prima.«

»Gut, dann machen wir es so«, antwortete die Geschäftsführerin und lächelte. »Möchtest du denn auch so schnell wie möglich kommen?« Sie tippte kurz auf ihrem Smartphone. »Morgen ist mein Kalender voll. Aber am Mittwoch ginge es, da habe ich am frühen Nachmittag Zeit. Ab 14:30 Uhr.«

Kim überlegte kurz, wobei ihr siedend heiß einfiel, dass sie schon morgen ihr Date mit David hatte. »Ich könnte am Mittwoch«, sagte sie schnell und versuchte mit aller Kraft, jeden weiteren Gedanken an David zu verdrängen.

»Prima«, murmelte Dr. Steiner und tippte auf dem Smartphone. Dann wandte sie sich an Marie. »Und für was interessierst du dich?«

Kim sah, dass Marie einen kurzen Blick auf den Karton mit den Flyern warf. »Mir geht es ähnlich wie Kim. Wobei ich

mich besonders für Werbung und Marketing interessiere. *AquaMagic* macht da ja sehr viel …«
Dr. Steiner lächelte. »Das alles stimme ich ab. Natürlich in Zusammenarbeit mit externen Agenturen.«
»Wow!«, rief Marie ehrlich beeindruckt.
»Hättest du denn auch am Mittwoch Zeit?«, fragte die Geschäftsführerin. »Du könntest einfach zusammen mit Kim kommen.«
Marie nickte. »Klar, das passt gut!«
Dr. Steiner nickte. »Sehr schön.« Sie zog drei Formulare aus der Mappe. »Wir brauchen noch die Einverständniserklärung eurer Eltern. Bringt sie bitte unterschrieben wieder mit.« Sie schob die Papiere zu den Mädchen herüber. »Habt ihr denn sonst noch Fragen?«
Bevor die drei !!! etwas sagen konnten, klopfte es an der Tür. Dr. Steiner sah auf ihre Armbanduhr, runzelte die Stirn und rief: »Herein!«
Die Tür wurde geöffnet. Jan Kelver und Hanns Marts kamen herein. Die Männer sahen die drei Mädchen überrascht an.
»Sie haben Besuch?«, fragte Marts.
Dr. Steiner stand auf. »Ja, die Mädchen haben sich zum Schnupperpraktikum angemeldet!«
»Das ist doch prima.« Marts lächelte gehetzt und rückte den Knoten seiner Krawatte zurecht. »Wir wollten vor dem Termin noch kurz mit Ihnen sprechen. Hätten Sie zehn Minuten?«
Dr. Steiner nickte. »Natürlich.« Sie blickte zu den Mädchen. »Es tut mir leid, aber ich fürchte, wir müssen für heute Schluss machen.«

Die drei !!! sahen sich enttäuscht an.
Hanns Marts wippte ungeduldig auf den Fersen auf und ab. »Wir haben es etwas eilig. Also dann, einen schönen Tag noch!« Demonstrativ hielt er die Tür auf.
»Wir sehen uns übermorgen«, sagte Dr. Steiner und nickte Marie und Kim zu. »Ich freue mich!«
Kim stand auf. »Ja, bis dann. Und vielen Dank!«
Als sie mit Franzi und Marie das Büro verließ, nahm Hanns Marts bereits an dem ovalen Tisch Platz.
Kelver schloss schwungvoll die Tür.
»Ich wüsste zu gerne, was die jetzt reden«, zischte Franzi. Sie sah sich um. Der Flur war menschenleer. »Es ist zwar nicht die feine Art … Passt ihr auf, ob jemand kommt?« Vorsichtig presste Franzi ein Ohr an das Türblatt. Schon nach kurzer Zeit machte sie ein enttäuschtes Gesicht und zog sich zurück. »Man kann nichts hören.«
Kims Blick fiel auf einen Rollwagen mit Trinkgläsern, der neben einem Wasserspender stand. Sie schnappte sich eins der Gläser und lief zu Franzi. »Versuch's damit«, flüsterte sie und blickte nervös über den Flur. Franzi nickte. »Gute Idee!« Sie hielt die offene Seite des Glases an die Tür und presste ihr Ohr an den Glasboden.
Kim sah auf die Anzeige über dem Lift. Sie blinkte. »Vorsicht«, sagte sie leise. »Der Aufzug kommt.«
Franzi hatte sich bereits wieder von der Bürotür zurückgezogen. Sie stellte das Glas auf den Rollwagen zurück und lief mit Kim und Marie langsam in Richtung des Aufzugs.
»Mist«, zischte sie. »Das Türblatt ist viel zu dick, da hört man auch mit einem Schallverstärker nur Rauschen.«

Marie zog Kim und Franzi zu einer Säule in der Nähe des Aufzugs. »Ansonsten lief es eben doch ganz gut.«
»Schon«, meinte Franzi. »Es war aber blöd, dass wir nicht noch mal über den Vorfall mit der Taucherin reden konnten. Kelver und Marts sind uns einfach dazwischengekommen.«
Kim nickte zerstreut und sah den Flur hinunter. »Hoffentlich können wir Amelie Funke und ihre beiden Kollegen noch abfangen.«
Wie auf Kommando öffneten sich die Aufzugstüren und Amelie Funke, Simon Tauber und Thomas Schubart betraten leise diskutierend den Flur.
»Bingo«, flüsterte Marie.
Die Taucher blieben in der Nähe der Säule stehen. Sie waren so mit sich beschäftigt, dass sie die Mädchen gar nicht bemerkten.
Kim konnte sehen, dass Amelies Hand bandagiert war, ansonsten wirkte sie ziemlich fit.
»Wenn Kelver wieder behauptet, dass er für unseren Verein kostenlose Werbung in seinen Flyern macht, dann flippe ich aus«, sagte einer der Männer.
»Ganz klar, wir geben nicht nach«, zischte der andere Mann. »Aber lasst euch nicht provozieren. Also los!« Die drei setzten sich in Bewegung.
»Oh, hallo!«, rief Marie plötzlich.
Amelie Funke sah überrascht auf. Sie schien zu überlegen, wo sie die Mädchen schon einmal gesehen hatte.
Marie tat erstaunt. »Was für ein Zufall! Wir haben uns am Samstag kurz unterhalten, erinnern Sie sich?«

»Stimmt!« Die Taucherin nickte. »Was macht ihr denn hier?«
»Wir haben uns gerade für ein Schnupperpraktikum angemeldet«, erklärte Kim.
Marie zog eine ihrer Visitenkarten aus der Jackentasche und hielt sie der Taucherin hin. »Ich hatte am Samstag das Gefühl, dass Sie sich nicht sicher fühlen. Vielleicht können wir Ihnen helfen.«
»Wir führen nämlich ein erfolgreiches Detektivunternehmen«, ergänzte Kim.
Die Frau sah die drei !!! völlig überrascht an. »Ihr seid Detektivinnen?«
Simon Tauber lachte. »Sehr interessant, Kinder. Ihr werdet hier aber bestimmt nicht gebraucht.« Er fasste die Frau am Ellenbogen und zog sie weiter.
»Schönen Tag noch«, murmelte Thomas Schubart nur und folgte seinen Kollegen.
Zügig liefen die drei zum Büro der Geschäftsführerin und klopften an. Amelie Funke sah noch einmal zu den Mädchen zurück und schien etwas sagen zu wollen. Doch im nächsten Moment wurde die Tür geöffnet und sie wandte sich wieder ab. Die drei Taucher verschwanden im Büro von Anne Steiner.
Marie ließ die Hand mit der Visitenkarte sinken. »Was war das denn jetzt?«
»So eine Frechheit!«, rief Franzi. »Das lassen wir uns doch nicht bieten! Wir warten hier, bis sie wieder rauskommen, und reden noch mal mit der Taucherin.«
Kim schüttelte den Kopf. »Ich glaube nicht, dass Amelie

Funke mit uns spricht, solange diese beiden Männer dabei sind.«

»Das denke ich auch.« Marie steckte die Visitenkarte wieder ein. »Da stimmt doch hinten und vorne was nicht.«

Kim seufzte. »Wir müssen in den nächsten Tagen einfach mehr herausbekommen!«

»Lasst uns im *Lomo* einen *Spezial hoch drei* trinken und besprechen, wie wir weiter vorgehen«, schlug Marie vor.

Kim und Franzi stimmten sofort zu und folgten ihr in den Aufzug.

»Hoffentlich bekomme ich bei Andreas Hofer mehr über die Taucherin heraus«, sagte Franzi, als sie den Knopf für das Erdgeschoss drückte. Sie seufzte. »Mit etwas Glück treffe ich sie morgen an.«

»Ja«, sagte Kim zerstreut. Die merkwürdigen Ereignisse im *AquaMagic* beschäftigten sie sehr und sie wollte unbedingt mehr herausfinden. Aber das Stichwort *morgen* hatte gerade ganz andere Gedanken bei ihr ausgelöst.

Jetzt konnte sie es einfach nicht mehr verdrängen: Morgen war es so weit. Morgen Nachmittag würde sie sich mit David treffen!

Küsse und eine Katastrophe

Kim legte das Lipgloss zur Seite, zupfte ein paar Haarsträhnen in die Stirn und betrachtete sich in dem kleinen Standspiegel auf ihrem Schreibtisch. Sollte sie sich noch die Wimpern tuschen oder lieber etwas Lidschatten auftragen? Zögernd ließ sie ihre Hand über den Schminkutensilien schweben.
»Lass das!«, ertönte plötzlich eine quäkende Stimme.
Kim fuhr erschrocken herum.
»Lass das!«, rief jemand direkt vor ihrer Zimmertür. »Lass das! Lass das! Lass das!«
»Und ihr sollt mich in Ruhe lassen, Ben und Lukas!«, sagte Kim streng. Sie schlich sich zur Tür. Diese kleinen nervigen Zwillingsbrüder würde sie sich jetzt schnappen und kurzen Prozess mit ihnen machen! Mit einem Ruck riss Kim die Tür auf und hielt überrascht inne. Vor ihr auf dem Boden balgte sich Pablo, der süße schlappohrige Familienhund, mit einem unförmigen orangefarbenen Wesen. Kim sah genauer hin. Es war der Plüschkrake, den sie von *AquaMagic* bekommen hatte. Pablo hatte sich in einem der Tentakel festgebissen und damit offenbar die Sprachfunktion des Maskottchens in den Dauermodus versetzt. Während der Hund schwanzwedelnd an seiner Beute zerrte, quäkte es ununterbrochen weiter: »Lass das!«
Im nächsten Moment polterten die Zwillinge die Treppe rauf.
»Gib ihn wieder her«, rief Lukas kichernd und stürzte sich auf den Hund.

Pablo wich geschickt aus und schlüpfte in Kims Zimmer, wo er in Windeseile mit seiner Beute unter dem Bett verschwand. Die Zwillinge stürmten johlend hinterher, warfen sich auf den Boden und robbten auf das Bett zu.
Kim ärgerte sich über sich selbst. Wenn sie die Tasche von *AquaMagic* nicht im Flur liegen gelassen hätte, wäre das nicht passiert. Sie wusste doch genau, dass nichts vor den Zwillingen sicher war. Kurz überlegte sie, in den Kampf um den Kraken einzusteigen, entschied sich aber schnell dagegen. Es gab jetzt etwas tausendmal Wichtigeres!
Kim schnappte sich ihre Jeansjacke vom Bett und entfloh dem chaotischen Treiben. Sogar unten im Flur waren Pablos Knurren und das Geschrei der Zwillinge noch zu hören, in das sich das plärrende »Lass das!« des Plüschkraken mischte. Kopfschüttelnd ließ Kim die Haustür hinter sich ins Schloss fallen.

Mit klopfendem Herzen betrat sie eine Viertelstunde später den Flur der großen Altbauwohnung, in der David mit seiner Familie lebte.
David schloss die Eingangstür und strahlte Kim an. »Toll, dass es geklappt hat!«
Kim räusperte sich. Ihr Mund war vor Aufregung ganz trocken und die Zunge klebte ihr am Gaumen. »Ich freue mich auch sehr«, brachte sie schließlich hervor.
»Möchtest du etwas trinken und essen, bevor wir uns an die Arbeit machen?«, fragte David. »Ich habe Cola und Muffins besorgt.« Etwas nervös nestelte er an seinem T-Shirt.
»Gerne«, sagte Kim.

Sie betrachtete angestrengt eines der großformatigen abstrakten Bilder, die im Flur hingen, um nicht in Davids Augen sehen zu müssen. Die Goldpunkte darin tanzten schon wieder und Kim fürchtete, dass ihr gleich schwindelig werden würde. Allerdings wirkten die Farbstrudel und verschwommenen Figuren auf den Gemälden auch nicht gerade beruhigend. Sie wandte den Blick wieder ab und sah David an.

»Die Bilder sind von meiner Mutter. Sie ist Künstlerin. Leider ist sie noch nicht so berühmt, wie sie gehofft hatte.« David grinste schief. »Momentan verdient sie ihr Geld mit verschiedenen Jobs in der Werbung. Als Fotografin und Grafikerin und so.«

»Aha«, sagte Kim.

Davids Worte waren wie durch Watte zu ihr gedrungen und sie hatte ernsthafte Schwierigkeiten, sich zu konzentrieren. Als sie David durch den Flur folgte, passte sie einen Moment nicht auf und stieß mit dem Ellenbogen gegen eine Kommode, auf der mehrere Papierstapel lagen. Der Stoß brachte das Möbelstück kurz ins Wanken, aber Kim spürte nicht den leisesten Schmerz, so aufgeregt war sie.

David hatte in seinem Zimmer in einer Ecke mit Sitzkissen und einem niedrigen Tischchen eine Flasche Cola, Gläser, einen großen Teller mit Schoko-Muffins und Papierservietten vorbereitet.

»Setz dich doch«, sagte er, während er sich die Flasche schnappte und öffnete.

Kim ließ sich in eins der bunten Kissen sinken. Sie atmete tief durch und versuchte zu lächeln. Ihre Mundwinkel zitterten. Beim Einschenken zitterte auch Davids Hand leicht.

Etwas Cola landete neben dem Glas und bildete eine kleine Pfütze auf dem Tisch.
»Ich Depp«, fluchte David leise.
Er stellte die Flasche ab und griff nach den Servietten. Auch Kim hatte bereits ihre Hand nach dem Stapel ausgestreckt. Ihre Fingerspitzen berührten sich kurz, und sie schreckten beide zurück. Kim hatte das Gefühl, dass tausend Volt durch ihren Körper jagten.
»Hups«, sagte David.
Er legte eine Serviette auf die Colapfütze und griff erneut nach der Flasche. Dieses Mal gelang ihm das Einschenken unfallfrei. Er schob eins der Gläser zu Kim rüber und setzte sich.
Kim nahm einen großen Schluck und stellte das Glas wieder ab. Das Herz schlug ihr bis zum Hals. Jetzt war der Moment gekommen. Sie holte tief Luft. »Ich bin mir nicht mehr so sicher, ob ich einfach nur ein guter Kumpel von dir sein will.«
David ließ beinahe sein Glas fallen. Er sah Kim mit großen Augen an.
Kim schluckte. »Also, ich meine, ich bin mir sicher, dass ich«, sie hielt kurz inne und sah zur Decke, »dass ich gerne mehr als ein Kumpel für dich sein würde.« Das Blut rauschte in Kims Ohren. »Aber vielleicht sage ich das zu spät und du hast schon eine Freundin …« Sie schnappte nach Luft. Jetzt war es raus!
»Nein«, rief David sofort. Er lief rot an. »Ich habe keine Freundin!«
»Nein?«

»Nein!«
»Nein.« Kim suchte fieberhaft nach weiteren Worten, aber ihr Kopf war vollkommen leer, es gab nur noch ihren Herzschlag und dieses unglaublich warme, kribbelnde Gefühl in ihrem Bauch.
David stellte langsam sein Glas ab. »Ich interessiere mich für kein Mädchen. Außer … für dich!«
Etwas in Kim schien zu explodieren, die Wärme breitete sich schlagartig vom Magen in ihrem gesamten Körper aus und sie wurde von einem überwältigenden Glücksgefühl durchflutet. Plötzlich war alles leicht, klar und selbstverständlich.
»Ich hab mich in dich verliebt«, flüsterte Kim.
David rappelte sich aus seinem Sitzkissen auf und kam zu ihr herüber. Er setzte sich dicht neben Kim und nahm ihre Hand. »Und ich bin schon lange verliebt in dich!«
Sie sahen sich an. Ihre Gesichter kamen sich wie von selbst immer näher. Kim schloss die Augen und im nächsten Moment spürte sie, wie Davids Lippen die ihren ganz zart berührten. Sie schlang die Arme um seinen Nacken und erwiderte den Kuss.
Nach einer gefühlten Ewigkeit löste Kim ihre Arme von Davids Nacken und sah ihn an.
»Ich bin so glücklich!«, murmelte sie.
David lächelte sie an. »Ich kann es gar nicht richtig glauben«, flüsterte er.
Sie küssten sich wieder und Kim vergaß alles um sich herum.
»Wir sind wieder da!«, ertönte plötzlich eine helle Kinderstimme.
Kim und David schreckten hoch.

Im Türrahmen stand ein vielleicht achtjähriges Mädchen mit wilden rotbraunen Locken und starrte sie neugierig an. »David ist ein Knutschmonster!«, stellte sie fest.
»Adele!«, rief David. »Was soll das?« Er verdrehte die Augen. »Das ist meine kleine Schwester«, erklärte er Kim und warf ein Kissen nach dem Mädchen. »Raus hier!«
Adele duckte sich kichernd weg, blieb aber weiter in der Tür stehen.
»Was ist denn hier los?«, erklang plötzlich eine Stimme und eine Frau streckte hinter Adele den Kopf zur Tür herein. Sie hatte die gleichen rotbraunen Locken und dunklen Augen wie das Mädchen. »Du hast Besuch«, stellte sie überrascht fest. Sie lächelte Kim freundlich zu. »Hallo!«
Kim grüßte ebenfalls lächelnd zurück und strich sich eine Haarsträhne aus der Stirn.
»Mama!«, rief David. »Dass Kim kommt, habe ich dir doch erzählt. Wir wollen die Futterstation für den Kraken in deiner Werkstatt bauen.«
Davids Mutter seufzte. »Richtig, das hatte ich ganz vergessen.« Sie pustete sich eine Locke aus der Stirn. »Im Atelier sieht es schlimm aus, passt auf, dass ihr nicht über etwas fallt!«
»Klar!«, sagte David. Er warf seiner kleinen Schwester einen ernsten Blick zu. »Ich glaube, wir gehen dann mal. Hier haben wir jetzt sowieso keine Ruhe mehr.«
Adele streckte ihrem Bruder die Zunge raus. »Knutscht ruhig weiter«, rief sie und grinste.
Davids Mutter zog überrascht die Augenbrauen hoch, lächelte dann aber. »Ja dann, noch viel Spaß euch beiden.« Sie

fasste Adele an den Schultern und zog sie aus dem Türrahmen. Das Mädchen folgte widerwillig ihrer Mutter. »Wenn ihr etwas braucht, sagt einfach Bescheid!«, rief sie noch und verschwand.

David seufzte. »Adele kann manchmal echt die Pest sein.«

»Das kenne ich«, sagte Kim. »Meine Zwillingsbrüder sind auch nicht ohne.«

David gab Kim einen zärtlichen Kuss auf die Wange. »Vielleicht sollten wir lieber einen Geschwisterabwehrapparat erfinden.«

Kim kicherte. »Gute Idee!«

»Komm!« David stand auf und zog Kim mit sich hoch. »Das Atelier ist im Hinterhof.« Er nahm den Teller mit den Muffins. »Ich stelle die nur schnell in die Küche zurück.«

»Und ich müsste noch mal wohin«, sagte Kim.

»Das Bad ist ganz hinten, du gehst durch den Flur zurück, die letzte Tür«, antwortete David und sammelte die Servietten ein.

Kim gab David einen Kuss und verließ das Zimmer. Sie hatte das Gefühl, mehrere Zentimeter über dem Boden zu schweben, so unfassbar leicht und glücklich fühlte sie sich. Es war so einfach gewesen. Warum hatte sie nur so lange mit ihrem Geständnis gewartet?

Als Kim an der Kommode vorbeikam, die sie vorhin gestreift hatte, fiel ihr Blick auf einen der Papierstapel. Er war in gefährliche Schieflage geraten. Zum Glück war er nicht heruntergefallen. Kim rückte die Papiere schnell wieder gerade. Dabei fiel ihr Blick auf einen Fotoausdruck, der danebenlag. Sie zuckte zusammen. Ein Junge und ein Mädchen waren

auf dem Bild zu sehen. Sie standen dicht voreinander und sahen sich verliebt in die Augen. Ihre Gesichter waren nur wenige Zentimeter voneinander entfernt, das Paar war kurz davor, sich zu küssen. Kim stockte der Atem. Der Junge war David, und das Mädchen kannte sie ebenfalls: Es war diese Selina, die am Samstag mit im *AquaMagic* gewesen war! Kim konnte nicht anders, sie nahm das Bild in die Hand und betrachtete es mit brennenden Augen. Unter dem Ausdruck lagen drei weitere Fotos. Alle zeigten David und Selina in ganz eindeutig zärtlicher Umarmung, kurz vor oder nach einem Kuss. In der rechten Ecke der Bilder war das Datum eingeblendet, an dem die Aufnahmen gemacht worden waren. Kim ließ die Fotos fallen: Sie waren gestern aufgenommen worden! Ihr schossen die Tränen in die Augen. Das konnte doch nicht sein. David war also tatsächlich mit dieser Selina zusammen. Wollte er zweigleisig fahren?! Oder waren die Küsse mit ihr vorhin völlig bedeutungslos für David gewesen? Knutschte er einfach gerne herum? *David ist ein Knutschmonster,* hatte seine kleine Schwester gerufen. Das sagte doch schon alles.
Kim konnte keinen klaren Gedanken mehr fassen. Der Boden unter ihren Füßen schien zu wanken, als sie mit Tränen in den Augen zur Eingangstür stolperte und sie aufriss. Keine Minute länger wollte sie hier in der Nähe von diesem Idioten sein! Sie stürmte hinaus und rannte die Treppen hinunter.

Detektivarbeit ist Medizin!

Ihre Eltern waren zum Einkaufen weggefahren und die Zwillinge hatten Fußballtraining. Kim war wirklich froh, dass sie somit niemandem hatte erklären müssen, warum sie mit verheultem Gesicht und vom Rennen total verschwitzt nach Hause gekommen war. Sie putzte sich die Nase und zerknüllte das Taschentuch in ihrer Hand.

Sie verstand die Welt nicht mehr. Wie hatte sie sich so in diesem Jungen täuschen können? Sie klopfte das Kopfkissen zurecht und ließ sich ins Bett sinken. David war so ein Idiot!

Das Handy klingelte. Kim sah aufs Display. Es war Franzi. Kaum hatte Kim das Gespräch angenommen, fing ihre Freundin an zu erzählen: Sie berichtete von ihrem Nachmittag bei Andreas Hofer und Karlo. Der Oktopus hatte ihr einen kleinen Schraubenschlüssel geschenkt, den er wohl einem Reinigungstaucher abgeluchst und unter der Meerjungfrauen-Statue gebunkert hatte. Franzi kicherte. »Er ist so was von süß! Und ich kann mir einfach nicht vorstellen, dass der Tierpfleger etwas mit dem verstopften Abfluss zu tun hat. Andreas ist wirklich sauer auf die neuen Besitzer von *AquaMagic* und findet deren Personalpolitik total daneben. Aber er ist echt besorgt um seine Tiere, er würde bestimmt nichts machen, was sie gefährden könnte.« Franzi holte tief Luft, dann sprudelte es weiter aus ihr heraus. »Amelie Funke und ihre beiden Tauchkollegen habe ich leider nicht gesehen. Und von Andreas Hofer habe ich über die drei nicht viel erfahren können. Nur, dass sie extrem im Tier- und Umweltschutz engagiert sind. Aber das wussten wir ja schon vorher. Mist! Ich hoffe, ihr findet morgen mehr heraus.«

Kim schluckte. »Ja, klar«, murmelte sie.

Sie fasste sich an die Schläfe. Ein pochender Kopfschmerz hatte eingesetzt und sie wünschte sich in dem Moment nichts sehnlicher, als einfach schlafen zu können.

»Ist alles in Ordnung bei dir?«, fragte Franzi plötzlich. »Du klingst so komisch.«

Kim versuchte, sich zusammenzureißen, doch dann rief sie: »David ist ein Idiot!«

Für Sekunden herrschte Schweigen am anderen Ende. Dann platzte Franzi heraus: »Dein Date! Entschuldige, ich hab's vergessen. Das tut mir leid!« Sie schluckte hörbar. »Aber warum ist David ein Idiot?«

Kim schilderte knapp, was passiert war. Als sie zu Ende erzählt hatte, seufzte Franzi. »Ich kann das echt nicht glauben. Es tut mir so leid!«

»Zum Glück habe ich ja schnell gemerkt, wie der Typ tickt«, sagte Kim. »Ich werde bald darüber lachen.«

»Soll ich bei dir vorbeikommen?«, wollte Franzi besorgt wissen. »Du klingst wirklich nicht gut.«

»Nein, danke«, sagte Kim leise. »Es hat gutgetan, mit dir zu sprechen. Aber jetzt will ich lieber alleine sein, glaube ich.«

Franzi räusperte sich. »Wenn du es dir anders überlegst, ruf mich sofort an, ja?«

»Ja, danke, mache ich.«

»Sollen wir uns am Donnerstag zur Besprechung im Hauptquartier treffen?«, fragte Franzi.

»Ja, das ist gut«, antwortete Kim. »Fragst du Marie, ob sie Zeit hat?«
»Mache ich!«
Nachdem Kim das Gespräch weggedrückt hatte, sah sie, dass ihr David und Marie jeweils eine Nachricht geschickt hatten. Kim sog scharf die Luft ein und löschte den Text von David, ohne ihn gelesen zu haben. Anschließend rief sie Maries Nachricht auf.

Hi Kim,
1. *Treffen morgen eine halbe Stunde früher im Café von* AquaMagic? *Zwecks Strategiebesprechung*
2. *und Bericht über DAS DATE! :-)*

Kim tippte die Antwort:
1. *In Ordnung!*
2. 💣 👎

Dann schaltete sie das Smartphone aus, ließ sich auf ihr Kissen zurückfallen und zog sich die Bettdecke über den Kopf.

Marie war gerade dabei, ihr Fahrrad abzuschließen, als Kim am nächsten Tag beim *AquaMagic* eintraf. Ihre Freundin richtete sich sofort auf und umarmte sie fest.
»Franzi hat mir erzählt, was passiert ist.« Marie biss sich auf die Lippe. »Wie geht es dir?«
Kim winkte ab. Sie fühlte sich hundeelend, kämpfte aber mit aller Kraft gegen die Traurigkeit und Wut in ihr an. Sie wollte sich nicht von einem miesen, verlogenen Typen herunter-

ziehen lassen! Kim straffte die Schultern. »Es ist okay. Ich werde diesen Deppen einfach ganz schnell vergessen.«

»Also, weißt du«, begann Marie zögerlich und steckte den Fahrradschlüssel ein, »ich kann mir eigentlich gar nicht vorstellen, dass …«

Kim unterbrach sie: »Bitte, ich will einfach nicht mehr dran denken. Lass uns ins Café gehen und die Strategie für nachher besprechen.« Sie sah Marie ernst an. »Detektivarbeit ist Medizin für mich!«

Während sie durch die Eingangshalle von *AquaMagic* liefen, fiel Kim plötzlich ein, dass sie ihr Handy seit gestern Abend ausgeschaltet hatte. Sie zog es hervor und loggte sich ein. David hatte wieder angerufen und eine Nachricht geschickt. Kim schüttelte den Kopf und löschte sie.

»Ich hoffe, wir kriegen heute mehr heraus«, murmelte Marie. »Diesen Manuel Hauser müssen wir auch noch genauer unter die Lupe nehmen!«

»Stimmt!« Kim verzog das Gesicht. »Ich habe ganz vergessen, dass ich noch seine Telefonnummer im Zoo recherchieren wollte. Das mache ich gleich heute Abend.«

Sie steuerten auf den Shop zu, durch den man in das Café von *AquaMagic* gehen konnte.

»Ganz schön schlau«, stellte Marie fest, während sie an den gut gefüllten Regalen und Vitrinen vorbeiliefen. »Alle Besucher, die ins Café wollen, müssen an den ganzen Sachen vorbei. Bestimmt kaufen viele spontan etwas, obwohl sie es gar nicht vorhatten.«

Eine Gruppe von Kindern im Grundschulalter stürmte in den Shop. Zwei Frauen bemühten sich, Ruhe in die Rassel-

bande zu bringen, die sich sofort auf einen durchsichtigen Plastikzylinder neben der Kasse stürzte, der bis zum Rand mit Schlüsselanhängern in Fisch-, Quallen- und Krakenform gefüllt war.
»Jeder darf sich einen aussuchen!«, rief eine der Frauen den Kindern zu und zog ihren Geldbeutel aus der Jackentasche. Sie sah sich suchend um. »Ist denn niemand an der Kasse?«
Kim bemerkte, dass der Notausgang an der Wand hinter dem Kassentresen offen war. Draußen stand ein Auto. Eine junge Frau reichte einem Mann im dunklen Anzug einen prall gefüllten Müllsack, den dieser im Kofferraum verstaute. Die junge Frau wandte sich um und eilte in den Shop zurück.
»Ich komme gleich«, rief sie den beiden wartenden Frauen zu, bückte sich unter den Tresen und zerrte einen weiteren gefüllten Müllsack hervor.
»Der Typ beim Auto, das ist doch dieser Jan Kelver«, murmelte Marie.
»Und hinter dem Steuer sitzt Hanns Marts.« Kim stellte sich auf die Zehenspitzen, um besser sehen zu können. »Was machen die da?«
Kelver nahm der jungen Frau den Müllsack ab, presste ihn in den Kofferraum und schloss die Heckklappe. Kaum war der Mann in den Wagen eingestiegen, rollte dieser davon.
»Wir müssen unbedingt an die beiden herankommen!«, zischte Marie.
Kim nickte. »Ich hoffe, dass wir von der Geschäftsführerin etwas über sie erfahren.«
Die Aushilfe hob eine platt gedrückte Schachtel auf, die aus

einem der Müllsäcke gefallen sein musste, und schloss die Tür. »Sorry! Aber die Chefs gehen vor«, sagte sie mit ironischem Unterton und ließ den Karton in den Papierkorb vor dem Tresen fallen. Dann kassierte sie das Geld für die Schlüsselanhänger ab. Während die Kinderschar mit ihren Begleiterinnen weiter zum Café drängte, lächelte Marie die junge Frau freundlich an. »Stress mit den Chefs?«
Sie zog die Augenbrauen hoch. »Meine Güte, ich habe es eben nicht geschafft, die Säcke zum Altpapiercontainer zu bringen.«
Kim betrachtete den bunt bedruckten Karton im Papierkorb. *Frag Karlo! Der smarte Krake weiß alles!,* versprach ein fetter roter Schriftzug. Darunter war ein orangefarbener Oktopus mit einer Sprechblase abgebildet. Kim überflog den Text.
»Das Zeug lag schon da, als ich hier angefangen habe. Und plötzlich machen die Stress«, beschwerte sich die junge Frau. »Was kann ich denn dafür?!«
»Hm«, murmelte Kim und las weiter.
»Und wie sind Ihre Chefs sonst so?«, fragte Marie.
»Weiß nicht«, antwortete das Mädchen und wischte sich ihre Hände an ihrer Jeans ab. »Ich helfe hier nur an zwei Tagen in der Woche aus und habe heute zum ersten Mal mit ihnen zu tun gehabt. Da waren sie nicht gerade freundlich.« Sie seufzte. »Zum Glück ist die Geschäftsführerin meine direkte Vorgesetzte. Die ist richtig nett.«
Marie trat einen Schritt zur Seite, um einem kleinen Jungen und seiner Mutter Platz zu machen, die einen Plüschkraken kaufen wollten. Der Junge legte glücklich lächelnd das Mas-

kottchen auf den Ladentisch und die junge Frau scannte das Etikett ein.
»Die Tierchen sind echt der Renner bei uns«, sagte sie zu der Mutter des Jungen, während sie die Figur in einer Tüte verstaute. »Alle Kinder wollen unbedingt unseren Karlo.«
Die Frau lachte. »Der ist aber auch zu niedlich!« Sie bezahlte und ihr Sohn nahm die Tüte mit leuchtenden Augen in Empfang.
»Viel Spaß damit!«, wünschte die Verkäuferin und winkte dem Jungen zum Abschied.
Marie trat wieder etwas näher an die Kasse heran. »Wissen Sie eigentlich, ob man etwas zu dem Vorfall am Samstag herausgefunden hat?«, fragte sie.
»Meinst du das mit dem Aquarium, das übergelaufen ist, und dem Kurzschluss?«
»Ja – und den Unfall der Taucherin.« Marie sah die Verkäuferin gespannt an.
Die Frau sah sie überrascht an. »Davon weiß ich nichts. Was ist denn passiert?«
Kim und Marie wechselten einen Blick. Offensichtlich hatte die Geschäftsführung von *AquaMagic* es vorgezogen, den Unfall von Amelie Funke zu verschweigen.
»Eine Reinigungstaucherin war gerade im Hai-Becken, als das Licht ausging«, erklärte Marie. »Sie hat sich beim schnellen Auftauchen verletzt.«
Die Verkäuferin machte große Augen. »Krass! Das ist ja total schrecklich! Wie ist das genau passiert? Ist sie schwer verletzt?«
»Nein, sie hat zum Glück nur einen Schnitt an der Hand«,

sagte Kim schnell und sah auf ihre Armbanduhr. Sie verschwendeten hier gerade offensichtlich ihre Zeit.
Marie schien das Gleiche zu denken. Sie klopfte auf die Theke und sagte freundlich: »Wir müssen jetzt mal weiter. Einen schönen Tag noch!«
Die Verkäuferin beugte sich über die Ladentheke. »Ja, danke, euch auch. Aber sagt noch schnell, gab es viel Blut?«
Marie schüttelte nur stumm den Kopf und zog Kim mit sich in Richtung des angrenzenden kleinen Selbstbedienungsrestaurants.
»Wir haben noch zwanzig Minuten«, sagte Marie. »Du besetzt am besten schon mal einen Tisch und ich hole uns was zu trinken.«
Kim nickte und sah sich um. Das Café war ziemlich voll, aber weiter hinten war noch ein Tisch frei. Sie steuerte darauf zu. An den Wänden hingen große Flachbildschirme, auf denen Schwärme von bunten Fischen, leuchtende Quallen und Haie in Nahaufnahme zu sehen waren. Einige Monitore zeigten die Schauräume, in denen die Besucher interessiert vor den Becken standen. Darunter war jeweils ein Banner mit der Aufschrift »Live aus den Aquarien« eingeblendet. Kim setzte sich an den Tisch und blickte kurz zu dem Bildschirm, der sich über ihr an der Wand befand. Er zeigte eine Meerjungfrauenstatue mit wogendem Algenbewuchs. Auf ihrer Schulter saß ein Oktopus und ließ seine acht Arme baumeln. Kim lächelte in sich hinein. Franzi wäre bestimmt begeistert, ihren besonderen Freund, den Kraken *Karlo*, live hier im Café zu sehen.
Kim zog das Detektivtagebuch für unterwegs aus dem Ruck-

sack und schob die Tischdekoration, ein kleines Glasgefäß mit einer winzigen Seerose darin, vorsichtig zur Seite. Dabei fiel ihr Blick auf einen Jungen, der drei Tische weiter mit dem Rücken zu ihr saß. Er hatte braunes halblanges Haar und trug ein rot-blau gestreiftes T-Shirt. Kims Herz setzte für einen Moment aus, um danach doppelt so schnell weiterzuschlagen. Das konnte doch nicht wahr sein, David war hier!

Wut, Trauer, Fassungslosigkeit und Sehnsucht wechselten sich in Sekundenschnelle ab, überrollten Kim mit voller Wucht und ließen sie erstarrt dasitzen.

Marie kam mit den Getränken an den Tisch. »Was ist denn los?«, fragte sie besorgt. »Du bist ja ganz blass.«

In dem Moment fasste der Junge nach seinem Glas. Kim konnte sein Profil sehen. Es hatte keinerlei Ähnlichkeit mit dem von David.

Kim atmete aus. »Das ist er ja gar nicht«, entfuhr es ihr.

Marie stellte das Tablett ab und blickte Kim verständnislos an.

»Ich dachte gerade, der Junge dahinten, der mit dem gestreiften Shirt, ist David.« Sie spürte, wie ihr die Tränen in die Augen schossen, und beugte sich schnell über ihren Rucksack, um nach den Taschentüchern zu suchen.

Marie setzte sich und legte tröstend ihre Hand auf Kims Arm. »Oje. Das kenne ich.« Sie schenkte Limonade in eins der Gläser und schob es zu Kim rüber. »Hier, trink erst mal.«

Dankbar griff Kim nach dem Glas und nahm einen großen Schluck.

»Als Holger und ich uns damals getrennt hatten, habe ich

auch dauernd gedacht, dass ich ihn irgendwo sehe.« Marie blickte kopfschüttelnd zu dem Jungen rüber. »Von hinten hat er wirklich Ähnlichkeit mit David.«

Kim tupfte sich die Tränen ab und schnäuzte sich. »Es tut mir leid, dass ich so ein Theater mache. Das ist echt peinlich.«

»Das ist es nicht.« Marie lächelte Kim ermutigend an. »Du brauchst nur etwas Zeit. Du wirst drüber hinwegkommen, da bin ich ganz sicher.«

Kim ballte die Hände zu Fäusten und nickte.

Marie räusperte sich und sah auf die große Wanduhr. »Es ist gleich halb drei. Meinst du, du schaffst das jetzt mit der Geschäftsführerin, oder soll ich lieber alleine zu ihr gehen?«

»Ich bin auf jeden Fall dabei«, sagte Kim und putzte sich noch einmal energisch die Nase. »Irgendwas stimmt bei *AquaMagic* nicht und ich will wissen, was da los ist.« Sie leerte ihr Glas in einem Zug und stellte es auf das Tablett. »Komm.«

Im Auge des Kraken

Zwei Stunden später verließen Kim und Marie mit hängenden Köpfen das Gebäude von *AquaMagic*. Langsam liefen sie zu den Ständern, an denen Marie ihr Fahrrad abgeschlossen hatte.
»So ein Mist«, fluchte Kim. »Wir kommen in diesem Fall einfach nicht richtig weiter.«
Marie lächelte schief. »Ehrlich gesagt, glaube ich so langsam, dass wir in diesem Fall gar keinen Fall haben.«
Kim schluckte. »Das kann einfach nicht sein. Mein Detektivinstinkt hat mich noch nie getäuscht! Und ich habe immer noch das Gefühl, dass irgendetwas in diesem Laden nicht stimmt.«
Marie legte einen Arm um Kim. »Ich weiß, dass die Detektivarbeit jetzt gerade wichtig für dich ist. Aber meinst du nicht, dass wir uns da gerade in etwas verrennen?«
Kim atmete tief durch. Hatte Marie womöglich recht?
Der Nachmittag bei der Geschäftsführerin war letztendlich ergebnislos verlaufen. Sie hatten keine weiteren Informationen zu Jan Kelver und Hanns Marts oder den drei Tauchern bekommen. Dr. Steiner war sehr freundlich gewesen, und als Kim das Thema geschickt auf die Kooperationen von *AquaMagic* mit diversen Umweltschutzorganisationen gelenkt hatte, hatte sie sogar zugegeben, dass die neuen Besitzer leider Sparmaßnahmen ergriffen und Gelder gestrichen hatten. Die Geschäftsführerin hoffte jedoch, dass sich dies im Lauf der nächsten Jahre wieder ändern würde.

Kim schüttelte den Kopf. Sie war vorhin sogar so weit gegangen, Dr. Steiner danach zu fragen, ob sie sich vorstellen könnte, dass jemand Amelie Funke absichtlich in die gefährliche Situation im Hai-Becken gebracht hatte. Darauf hatte die Geschäftsführerin völlig überrascht reagiert und gesagt, dass sie dies für völlig unvorstellbar hielte. Der Vorfall war ihrer Meinung nach aus einer Verkettung unglücklicher Umstände entstanden.
»Ich weiß gerade überhaupt nicht mehr, was ich denken soll«, murmelte Kim.
Marie drückte Kim noch ein bisschen fester. »Das ist ja auch kein Wunder. Du bist einfach total durcheinander wegen der Sache mit David!« Sie sah leicht nervös auf ihre Armbanduhr. »Ich muss leider los. Ich habe versprochen, auf Finn aufzupassen. Papa und Tessa sind zu einer Gala im Theater eingeladen.«
Kim nickte mechanisch. »Ja, klar.«
»Willst du mit zu mir kommen?«, fragte Marie. »Wir können mit Finn ein bisschen spielen, bevor ich ihn ins Bett bringe.«
»Vielen Dank«, sagte Kim leise. »Aber ich möchte jetzt lieber alleine sein.«
»Sicher?«
»Sicher!«
»Dann sehen wir uns morgen bei Franzi im Pferdeschuppen.«
Kim zuckte mit den Schultern. »Gibt es denn überhaupt noch etwas zu besprechen?«
»Lass uns doch einfach unser Treffen machen, alles Weitere

sehen wir dann schon«, antwortete Marie. Sie drückte Kim noch einmal fest an sich. »Bis morgen!«

Als Kim nach Hause kam, stellte sie erleichtert fest, dass die Zwillinge mit Pablo Gassi gegangen waren. Nur ihre Eltern waren da und bereiteten in der Küche das Abendessen zu. Ihre Mutter wusch Tomaten in der Spüle und winkte ihr zu. »Hallo, mein Schatz! Wie war dein Schnupperpraktikum bei *AquaMagic*?«

Kim blieb kurz stehen. »Super! Sehr interessant. Ich erzähle nachher mehr. Ich muss vor dem Essen noch schnell meine Mails checken.« Sie lief schnell die Treppe zu ihrem Zimmer hoch.

»Aber in einer halben Stunde gibt es Essen!«, rief ihr ihre Mutter hinterher.

»Ist gut!«, rief Kim zurück und schloss leise die Tür hinter sich. Auf dem Boden ihres Zimmers lagen unzählige Einwickelpapiere verstreut, die von den Schokoladenfischen aus ihrer *AquaMagic*-Tasche stammten. Kim sammelte sie auf und seufzte. Sie würde nachher ein ernstes Wort mit ihren Brüdern reden! Aber jetzt wollte sie wenigstens eine halbe Stunde für sich haben und ihre Gedanken sortieren.

Sie zog den Schreibtischstuhl etwas vom Tisch weg und wollte sich gerade setzen, da entdeckte sie neben dem Papierkorb den Plüschkraken. Das Maskottchen sah nach der nicht gerade sanften Behandlung durch ihre Brüder und Pablo ziemlich ramponiert aus. Kim wurde wütend. Die Zwillinge waren so dermaßen rücksichtslos! Sie hob den Kraken auf und betrachtete verärgert den verschmutzten Plüschstoff. An einer Stelle des Körpers war sogar ein Stück der Naht aufgeplatzt und etwas Füllwatte lugte hervor. Daneben konnte Kim einen kleinen, durchsichtigen Plastikkasten sehen, in dem neben einer Knopfbatterie mehrere Platinen, Mikrochips und elektronische Teile festgelötet waren. Dünne Drähte verliefen von dem Kästchen aus in die Arme und zum Kopf der Krakenfigur. Kim stopfte die Watte und den Kasten wieder zurück in den Bauch des Maskottchens. Dabei stellte sie fest, dass auch eines der kugelrunden Plastikaugen beschädigt war. Es hatte sich leicht aus der Verklebung mit dem Stoffrand gelöst. Kim versuchte, es wieder zurückzuschieben, dabei aber rutschte es ganz aus der Öffnung. Ein feiner Draht ragte aus der Rückseite der Augenkugel und verband sie mit dem Inneren der Plüschfigur. Das etwa tischtennisballgroße Plastikauge war ziemlich schwer, wie Kim erstaunt feststellte. Sie rollte es zwischen den Fingern und plötzlich fiel das Auge in zwei Hälften auseinander. Ein winzig kleines, schwarzes Kästchen kam zum Vorschein.

Kim blinzelte verwirrt. Sie sah eine nur wenige Millimeter große Linse an einer Seite des Kästchens und brauchte einen Moment, um zu erkennen, was das bedeutete: Sie hielt eine Mikrokamera in der Hand! Soweit sie sich daran erinnern konnte, hatte Dr. Steiner, als sie die Figur damals bei der Preisverleihung vorgezeigt hatte, nichts davon gesagt, dass eine Kamera eingebaut war. Wofür auch? Kim las den Text auf dem Etikett, das an einem der Krakenarme befestigt war. Hier wurde erklärt, dass Karlo ein senso-elektronisches Spielzeug war, das verschiedene Sätze sagen konnte, wenn man es an den Armen zog, und anfing zu schnarchen, wenn man ihm die Augen zuhielt. Außerdem konnte eine App auf das Handy heruntergeladen werden, sodass man mit Karlo Spiele machen konnte, wenn die Figur per Bluetooth mit dem Handy verbunden war. Nirgendwo stand etwas davon, dass Karlo eine Kamera im Auge hatte und damit vielleicht sehen konnte. Kim wurde ganz heiß.

Hatte jemand die Kamera heimlich im Auge des Kraken versteckt, um damit zu spionieren? Doch dann wurde Kim unsicher. Womöglich war diese Linse auch bloß eine Art Sensor, der die Schnarchfunktion auslöste, wenn das Feld vor dem Auge des Kraken verdunkelt wurde? Sie kannte sich im Allgemeinen mit Technik und Computern gut aus, aber von Mikroelektronik hatte sie wenig Ahnung. Die scheinbare Kamera ließ ihr jedoch keine Ruhe.

Kim musste an Bente, die Computerspezialistin, denken. Sie hatten das Mädchen bei einem ihrer letzten Fälle getroffen und sahen es ab und zu im Jugendzentrum. Wenn Kim sich richtig erinnerte, hatte ihr Bente mal erzählt, dass sie neben dem Programmieren und Forschen nach Sicherheitslücken im Netz noch ein weiteres Hobby hatte: Sie bastelte kleinere elektronische Anlagen. Kim schnappte sich ihr Handy und schickte Bente eine Nachricht. Sie sah, dass David schon wieder geschrieben hatte. Kim löschte die Nachricht sofort.

Bentes Antwort kam schon nach wenigen Minuten. Sie wollte sich den Plüschkraken mit dem vermeintlichen Kameraauge gerne ansehen. Kim sollte morgen Nachmittag im Jugendzentrum vorbeikommen.

Kim sagte zu und legte das Handy auf den Tisch. Morgen

würde sie also gleich nach dem Mittagessen ins JUZ gehen, und danach würde sie sich mit Marie und Franzi in ihrem Hauptquartier treffen. Das war doch ein guter Plan, um sich von ihrem Herzschmerz abzulenken!

Lauschangriff mit Turban

Kim riss die Tür zum Pferdeschuppen auf und rief: »Ihr glaubt nicht, was ich entdeckt habe!«
Marie und Franzi zuckten erschrocken zusammen.
»Mist!«, rief Franzi und stellte die Teekanne ab, aus der sie gerade etwas in einen Becher eingeschenkt hatte. Sie deutete verärgert auf die Pfütze aus Früchtetee, die sich auf dem Tisch ausbreitete. »Die machst du aber weg!«
Kim holte einen Lappen aus dem Regal neben der Kutsche und lief schnell zur Sitzecke. Eilig wischte sie die Teelache auf. »Tut mir leid, wenn ich euch erschreckt habe.« Sie ließ sich auf einen Stuhl neben Marie fallen und öffnete ihren Rucksack. »Aber wenn ihr das seht, werdet ihr verstehen, warum ich hier so reingestürmt bin.« Sie zog den lädierten Plüschkraken hervor und setzte ihn auf den Tisch.
Franzi hüstelte. »Geht es dir gut, Kim?«
»Ja, klar!« Sie deutete auf das Maskottchen. »Dieser Plüschkrake ist ein getarntes Spionageinstrument.«
Marie machte ein besorgtes Gesicht. »Kim, du bist wirklich sicher, dass es dir gut geht?«, wollte sie wissen.
»Aber ja!« In kurzen Worten schilderte Kim, wie sie im Auge des Kraken das merkwürdige kleine Kästchen mit der Linse entdeckt hatte und stutzig geworden war.
Franzi und Marie hörten erstaunt zu.
»Ich habe mich vorhin mit Bente getroffen«, fuhr Kim fort. »Sie hat sich alles genau angesehen und meinte, dass das ganz klar eine Minikamera ist. Sie ist mit einem Mikrochip im

Inneren verbunden und dort werden die Bilder, die die Kamera macht, gespeichert.«
Franzi starrte auf das Plüschtier. »Du meinst, *AquaMagic* verkauft diese Dinger, um Leute damit auszuspionieren?«
»Das könnte sein«, antwortete Kim. »Es geht übrigens noch weiter: Bente sagte, dass diese Figur ein sogenanntes ›smartes Spielzeug‹ ist. Sie hat einen Artikel über einen ähnlichen Fall in einer Computerzeitschrift gelesen. Wenn diese Figuren über das Handy mit dem Internet verbunden sind, kann man ihnen Fragen stellen und sie antworten in Echtzeit darauf. Auch der Plüschoktopus hat neben der Kamera noch ein Mikrofon eingebaut, das alle Geräusche in der Nähe aufnimmt und Sprache erkennt. Die Sprachdaten werden an einen Server geleitet und dort durch Programme ausgewertet. Die finden dann die richtige Antwort auf die Frage und senden diese Daten an den Kraken zurück, sodass er mit seiner künstlichen Stimme antworten kann.«
»Eigentlich sehr cool«, meinte Franzi. »Man kann sich also wie mit einem lebendigen, sehr schlauen Freund unterhalten.«
»Stimmt«, meinte Kim. »Das Gemeine ist nur, dass alle Daten im Server gespeichert werden können. Angeblich wird das gemacht, um die Frage-Antwort-Funktion des Spielzeugs immer weiter zu verbessern. In Wirklichkeit aber kann man mit den Daten natürlich alles Mögliche anfangen. Sie können zum Beispiel für Werbezwecke oder neue Produkte ausgewertet werden.«
Marie runzelte die Stirn. »Wie krass!«
»Und genau aus dem Grund sind solche Figuren in Deutsch-

land erst vor Kurzem verboten worden«, fuhr Kim fort. »*AquaMagic* dürfte sie gar nicht verkaufen.«
»Das ist wirklich der Hammer!«, rief Franzi. Sie betrachtete das Etikett, das am Plüschtier befestigt war. »Komisch«, murmelte sie. »Da steht nur was davon, dass Karlo Sachen sagt, wenn man an seinen Armen zieht, und was von einer Spiele-App.«
»Das ist es ja!«, rief Kim. »Marie, erinnerst du dich an diese Kartons im Shop, die Jan Kelver und Hanns Marts weggefahren haben?«
Marie nickte. »Klar!«
»Darin waren die Plüschtiere ursprünglich verpackt«, sagte Kim. »Und es stand ›Frag Karlo! Der smarte Krake weiß alles!‹ darauf. Ich habe den Rest vom Text nur überflogen, aber ich weiß noch genau, dass erwähnt wurde, dass man sich mit dem Kraken unterhalten kann, und dass ich mich darüber gewundert habe.«
Franzi runzelte die Stirn. »Dann haben Kelver und Marts die Kartons weggeschafft, damit niemand ahnt, dass diese Dinger smarte Spielzeuge und eigentlich verboten sind. Was für eine Sauerei!«
»Richtig!« Kim sprang auf. »Ich habe doch gleich gesagt, dass bei denen etwas nicht stimmt! Los, wir fahren ins *AquaMagic*!«

Eine halbe Stunde später durchquerten die drei Detektivinnen mit schnellen Schritten das Foyer des Schauaquariums. Kim wischte sich ein paar Schweißperlen von der Stirn und atmete heftig ein und aus. Sie waren im Höchsttempo in die

Stadt geradelt und Kim hatte ihr Bestes geben, um mit der Geschwindigkeit mithalten zu können, die Franzi vorgelegt hatte.

»Du warst richtig gut!«, lobte Marie sie und tupfte sich verstohlen den Schweiß von der Stirn.

Im Shop steuerte Kim zielstrebig auf das Regal mit den Plüschkraken zu. Sie ergriff eins der Maskottchen und Marie zischte: »Du kannst das Auge aber nicht einfach rausnehmen. Das wäre Sachbeschädigung.«

»Muss ich auch gar nicht«, entgegnete Kim. »Die Linse der Kamera sieht man durch die Pupille vom Auge. Hier!« Sie hielt die Plüschfigur gegen das Licht. Tatsächlich war die schwarze Fläche im linken Auge des Kraken leicht durchsichtig. Dahinter war ein kleiner Gegenstand zu sehen.

»Der hat schon mal eine Kamera«, stellte Kim fest. Sie legte die Figur ins Regal zurück, packte den nächsten Oktopus und betrachtete die Augen. »Der hier auch – ich wette, alle Plüschfiguren haben die gleiche Ausstattung.«

Die Verkäuferin, es war eine andere Frau als die, mit der Kim und Marie sich am Vortag unterhalten hatten, wurde aufmerksam. Sie verließ den Kassenbereich und lief auf die Mädchen zu.

»Kann ich euch helfen?«, fragte sie skeptisch.

Kim zerrte den kaputten Plüschkraken aus ihrem Rucksack und hielt ihn anklagend in die Höhe. »Sie verkaufen hier smartes Spielzeug, obwohl es in Deutschland verboten ist. Damit können ganze Haushalte ausspioniert werden!«

Die junge Frau zog eine Augenbraue hoch und sah Kim misstrauisch an. »Was soll das?«

»In diesen Plüschkraken sind Kameras und Mikrofone verbaut, mit denen alles aufgenommen werden kann, was in ihrem Umfeld passiert«, erklärte Kim hastig.
»So ein Quatsch«, entgegnete die Verkäuferin und deutete auf das Etikett. »Der kann etwas sagen und schnarchen, aber …«
»Nein!«, unterbrach Kim sie und lief zum Papierkorb am Tresen. Hektisch begann sie darin herumzuwühlen.
»Also, hör mal!«, rief die Verkäuferin verärgert. »Das geht jetzt wirklich zu weit.«
»Hier«, sagte Kim im nächsten Moment. »Er ist noch da.« Sie hielt den bunt bedruckten Karton hoch, den die andere Verkäuferin am Vortag weggeworfen hatte.
Marie schaltete sich ein. »Lesen Sie mal, was hier steht.«
Die Frau warf einen kurzen Blick auf die Schachtel und runzelte die Stirn. »Was hat die jetzt mit den Plüschtieren zu tun?«
»Die Maskottchen waren alle in solch einer Schachtel verpackt«, erklärte Kim. »Die Kartons wurden jedoch entfernt.«
»Ja, und?« Die Verkäuferin sah Kim ungeduldig an.
»Lesen Sie noch mal!«, forderte Franzi die Frau auf.
Die Verkäuferin nahm die Schachtel und überflog den Text mit zusammengekniffenen Augen. »Da steht, dass man sich mit dem Tintenfisch unterhalten kann. Was ist denn daran so schlimm?«
Kim verdrehte die Augen. »Dadrin ist eine hochmoderne Technik, die zum Spionieren geeignet ist. Es ist verboten, so etwas zu verkaufen.«
Die Verkäuferin sah Kim streng an. »Ihr veräppelt mich.«

»Nein!«, rief Kim. »Rufen Sie bitte sofort Dr. Steiner an, sie muss das erfahren und den Verkauf stoppen.«

»Das ist doch lächerlich«, sagte die Frau, griff aber, als sie die ernsten Gesichter der drei Detektivinnen sah, zu dem Handy, das neben der Kasse lag. Sie zögerte einen Moment und tippte dann eine Taste. »Da geht nur der Anrufbeantworter ran«, stellte sie nach einer Weile fest. Sie tippte erneut. »Ja, hallo, Herr Kelver! Gut, dass ich Sie erreiche. Könnten Sie bitte im Shop vorbeikommen? Ich habe ein Problem. Es geht um die Plüschkraken.« Die Frau lauschte kurz, sagte »Danke!« und drückte das Gespräch weg. Zu den drei Mädchen gewandt sagte sie schließlich: »Einer der Besitzer kommt gleich vorbei.«

»Dann sprechen wir ja gleich mit dem Richtigen«, raunte Marie Kim zu.

Die Verkäuferin starrte auf die Kraken im Regal. »Und die machen jetzt gerade alle Bilder von mir?«, murmelte sie.

Kim schüttelte den Kopf. »Nein, das funktioniert nur, wenn die Kraken mit einem Smartphone verbunden sind, das im Internet ist.«

Die Frau schüttelte ungläubig den Kopf.

»Was ist denn los?« Jan Kelver stand im Eingang des Shops. Mit einer fahrigen Bewegung strich er sich eine Strähne seiner gegelten Haare zurück. Als er die drei !!! sah, stutzte er. »Was macht ihr denn schon wieder hier?«

Die Verkäuferin verließ die Ladentheke und ging auf den Besitzer zu. »Herr Kelver, diese Mädchen behaupten, dass etwas mit den Plüschkraken nicht stimmt. Die dürfen angeblich nicht verkauft werden.«

Auf Kelvers Stirn erschien eine steile Falte. »Was, bitte, soll an denen nicht stimmen?« Er funkelte die Mädchen wütend an.
Marie hielt die Schachtel hoch. »Das wissen Sie ganz genau. Sie haben alle Kartons entfernt, damit niemand erfährt, dass Sie hier ein smartes Spielzeug verkaufen, das vor Kurzem in Deutschland verboten wurde!«
Kim meinte, ein kurzes Zucken am rechten Augenlid des Mannes gesehen zu haben, dann aber wurde Kelver völlig ruhig. Er lächelte und drohte ihnen mit dem Zeigefinger.
»Kinder, das ist aber jetzt ein schlechter Witz.« Sein Gesicht wurde wieder ernst. »Passt auf, dass ich euch nicht wegen Verleumdung anzeige. Und jetzt raus hier!«
Marie bekam vor Wut rote Wangen. »Ich habe es doch selbst gesehen! Sie haben am Mittwoch mit Ihrem Partner mehrere prall gefüllte Müllsäcke weggeschafft. Da waren die Schachteln drin!«
Kelver schnaubte: »Wie kommst du denn darauf? Wir haben den letzten Abfall von der Renovierung weggebracht.«
Kim hielt die Schachtel aus dem Papierkorb hoch. »Und wo kommt dann diese Verpackung her?«
Kelver kniff die Augen zusammen. »Keine Ahnung, zeig mal her.«
Er schnappte sich die Schachtel und betrachtete sie ausgiebig. Kim wurde den Eindruck nicht los, dass der Mann fieberhaft nach einer Ausrede suchte.
»Richtig«, sagte er plötzlich. »Die gehörte zu einem Musterexemplar, das uns der Spielzeughersteller geschickt hatte.« Er räusperte sich. »Das war in der Tat ein smartes Spielzeug mit

einer Ausstattung, die in Deutschland verboten wurde. Wir haben daraufhin natürlich Plüschkraken geordert, die nur eine einfache senso-elektronische Funktion haben.« Er wies zu den Maskottchen im Regal. »Nämlich diese hier!«
Kim stemmte die Hände in die Seiten. »Und warum haben dann alle Kraken eine Kamera im Auge? Die wäre für eine einfache elektronische Ausstattung nicht nötig.«
Kelver wurde blass und feine Schweißtropfen bildeten sich auf seiner Stirn. »Das … kann nicht sein.«
Kim zog das Auge aus ihrer Plüschfigur, nahm es auseinander und holte die Mikrokamera hervor. »Ist es aber.«
»Verdammt!« Der Besitzer von *AquaMagic* schien aus allen Wolken zu fallen. »Das muss ein Irrtum sein, eine Falschlieferung, die haben wir so nicht bestellt.« Er sah die Verkäuferin an und schien mit sich zu ringen. »Wir müssen das prüfen. Sorgen Sie bitte dafür, dass, solange nicht Klarheit herrscht, keiner von den Plüschkraken verkauft wird.«
Nervös nestelte er an einem seiner Manschettenknöpfe. »Danke für den Hinweis, Kinder. Wie gesagt, wir kümmern uns darum!«
Bevor jemand etwas sagen konnte, machte Kelver auf dem Absatz kehrt und lief schnellen Schrittes aus dem Shop.
Die Verkäuferin sah Kelver mit offenem Mund hinterher. Auch die drei Detektivinnen waren von seinem schnellen Abgang überrumpelt. Kim brauchte einen Moment, um zu reagieren. Doch dann zischte sie Marie und Franzi zu: »Hinterher!«
Beim Shopeingang wurden sie eine Weile durch eine Schulklasse aufgehalten, die in den Laden drängte und ihnen den

Weg verstellte. Kim reckte nervös den Hals. Sie konnte sehen, dass Kelver das *AquaMagic* verließ. »Verdammt!«, rief sie und schob sich weiter durch.
»Da vorne ist er«, sagte Marie, als sie endlich vor dem Gebäude standen, und deutete zu den Fahrradständern an der Stadthalle.
Kelver bog bereits in den Weg ein, der zum Marktplatz führte. Sie verloren ihn erneut aus dem Blick.
»Schnell!«, zischte Franzi und lief los.
Marie und Kim folgten ihr.
»Der lügt doch wie gedruckt!«, rief Marie.
»Das glaube ich auch!«, rief Franzi zurück.
Sie konnten Kelver jetzt wieder sehen. Er überquerte den Marktplatz auf Höhe des Brunnens und steuerte auf das kleine Café neben dem Edelsteinladen zu. Beim Eintreten zog er sein Handy aus dem Jackett und begann zu telefonieren.
»Wetten, er ruft gerade Marts an und bittet ihn her?«, sagte Kim atemlos. Sie wippte nervös auf und ab. »Wir müssten da rein.«
»Unmöglich!«, sagte Franzi. »Das Café hat gerade mal fünf, sechs kleine Tische. Der sieht uns sofort!«
»Dann gehe nur ich, das ist unauffälliger«, sagte Marie sofort und fing an, sich ihren Seidenschal als Turban um den Kopf zu winden. Blitzschnell hatte sie ihre langen blonden Haare unter dem kunstvoll geschlungenen Tuch versteckt. Dann zog sie eine große Sonnenbrille aus ihrem Matchbeutel und setzte sie auf. »Jetzt noch etwas roter Lippenstift«, murmelte Marie, während sie wieder in ihrer Tasche kramte, »und ich bin eine andere.«

Tatsächlich war Marie Minuten später nicht wiederzuerkennen. Sie wirkte mindestens fünf Jahre älter und ziemlich elegant. Franzi und Kim klatschten sich mit ihr ab und sie schlenderte hocherhobenen Hauptes zum Café rüber.
Kim setzte sich auf den Brunnenrand und blickte gespannt auf die Glasfront des Cafés. Sie beobachtete, wie Marie am Tisch neben Kelver Platz nahm und die Kuchenkarte ergriff. Der Mann steckte mit angespanntem Gesicht sein Smartphone ein. Marie beachtete er gar nicht.
Plötzlich brummte Kims Handy. Sie zog es aus dem Rucksack und warf einen kurzen Blick darauf. David hatte schon wieder geschrieben. Kim seufzte, drückte die Nachricht weg und nahm das Café wieder ins Visier. Verärgert stellte sie fest, dass ihre Hand zitterte, als sie das Smartphone in den Rucksack gleiten ließ.
Franzi sah Kim von der Seite an. »Ist alles in Ordnung mit dir?«
»Ja«, antwortete Kim, ohne den Blick von dem Café abzuwenden.
»Hat David dir gerade geschrieben?«, wollte Franzi wissen.
Kim nickte.
»Vielleicht solltest du doch noch mal mit ihm reden …«, fing Franzi an.
»Marts kommt tatsächlich!«, unterbrach Kim sie.
Der Mann hastete mit großen Schritten über den Marktplatz und lief auf das Café zu. Franzi trat ein Stück hinter dem Brunnen hervor und blickte neugierig zur Glasscheibe des Cafés.
»Pass auf, dass sie dich nicht entdecken«, warnte Kim.

»Die sind doch viel zu beschäftigt mit sich«, entgegnete Franzi, zog sich aber wieder hinter den Brunnen zurück. »Die reden total aufgeregt aufeinander ein.« Sie grinste. »Und Marie sitzt seelenruhig daneben, isst ihren Kuchen und blättert in einer Zeitschrift. Sie ist wirklich eine geborene Schauspielerin!«

Kim muss dringend etwas klären

Kim sah auf die Uhr. Fast eine Viertelstunde war bereits verstrichen, seit Marts das Café betreten hatte. Langsam wurde sie ungeduldig. Auch Franzi trat nervös von einem Bein aufs andere und starrte unentwegt zum Café rüber. Plötzlich zuckte sie zusammen und rief: »Sie sind aufgestanden und kommen raus!«

Kelver und Marts nickten sich an der Tür zu, dann trennten sich ihre Wege. Kelver lief in Richtung der Stadthalle, Marts steuerte auf das andere Ende des Marktplatzes zu.

Kim zupfte an ihrer Lippe. »Sollen wir ihnen weiter folgen?«

Marie erschien in der Tür des Cafés und wartete kurz, bis die beiden Männer nicht mehr zu sehen waren. Dann rannte sie zu Kim und Franzi rüber. »Lasst sie ruhig gehen«, rief Marie. »Was ich gehört habe, reicht fürs Erste.« Sie nahm die Sonnenbrille ab, schälte sich den Seidenschal vom Kopf und schüttelte ihre Haare aus.

Franzi und Kim wechselten einen genervten Blick, als Marie kurz in ihrer Tasche kramte und einen Taschenspiegel und ein Papiertuch herausholte.

»Jetzt sag schon!«, rief Kim. Die Anspannung ließ ihre Stimme schrill klingen.

Während Marie sich die rote Farbe von den Lippen abtupfte, erzählte sie: »Ich konnte alles wunderbar mithören. Die beiden haben immer nur aufgehört zu sprechen, wenn die Bedienung näher kam. Mich haben sie überhaupt nicht wahrgenommen.« Marie holte eine Tube Lipgloss aus ihrer

Tasche. »Es ist der Hammer! Kelver und Marts waren völlig außer sich, dass wir herausgefunden haben, dass sie die verbotenen Plüschkraken verkaufen.«
»Kelver hat also gelogen!«, rief Kim. »Er weiß ganz genau, welche Ausstattung die Maskottchen haben.«
Marie nickte und trug etwas Lipgloss auf. »Genau. Und er hat zu Marts gesagt, dass sie einfach alles leugnen würden, wenn es jetzt deswegen Ärger geben sollte. Sie wollen einfach behaupten, dass ihnen jemand das smarte Spielzeug untergeschoben hat.«
Kim seufzte. »In den Müllsäcken, die sie weggeschafft haben, waren hundertprozentig die Schachteln drin. Das wäre der Beweis gewesen, dass sie sehr wohl Bescheid wussten. Mist! Die Säcke finden wir bestimmt nicht mehr.«
Marie verstaute ihre Schminkutensilien wieder in ihrem Matchbeutel. »Das stimmt«, murmelte sie. »Aber ich glaube, wir kriegen Kelver und Marts trotzdem irgendwie dran.«
Kim sah Marie gespannt an. »Und wie?«
»Kelver hat etwas von einem Vertrag erzählt, den sie unbedingt zurückhaben müssen.« Marie runzelte die Stirn. »Und dass da ihre Unterschriften und ihre Fingerabdrücke drauf seien und sie komplett auffliegen würden, wenn der in falsche Hände gerät.«
»Was für ein Vertrag denn?«, wollte Franzi wissen.
»Das weiß ich nicht genau«, sagte Marie. »Sie haben nicht über den Inhalt gesprochen. Es ging nur darum, dass sie ihn unbedingt zurückhaben müssen. Und jetzt kommt's: Marts hat jemanden angerufen und gesagt, dass sie den Deal doch machen würden. Ganz schnell, heute Abend.«

»Deal?«, wiederholte Kim verständnislos.
»So hat er es formuliert«, bestätigte Marie. »Er hat am Handy noch herumdiskutiert, weil es dem Angerufenen scheinbar zu schnell ging, aber dann hat dieser wohl doch zugestimmt. Und dann sind Kelver und Marts auch schon aufgestanden und haben das Café verlassen.«
Kim zwirbelte nachdenklich eine Strähne ihrer Haare. »Ich kapiere überhaupt nichts mehr.«
»Macht nichts.« Marie grinste. »Wir beobachten den Deal einfach.«
Kim riss die Augen auf. »Du weißt, wo sie sich treffen!«
»Richtig. Und zwar heute Abend um 20:00 Uhr in Kelvers Büro im *AquaMagic*.«
»Du bist spitze!«, rief Franzi.
Marie winkte ab. »Das war wirklich ein Kinderspiel. Etwas schwieriger wird es, heute Abend nahe genug an die Herren heranzukommen.«
»Und unseren Eltern zu erklären, warum wir so ganz spontan abends etwas vorhaben«, ergänzte Kim missmutig. »Ich weiß nicht, wie ich das meiner Mutter beibringen soll.«
Franzi schnippte mit dem Finger. »Das ist doch kein Problem! Erstens: Wofür haben wir uns dieses fantastische Richtmikrofon zugelegt?! Zweitens: …« Franzi überlegte einen Moment. Dann verzog sie den Mund. »Das mit den Eltern ist doch nicht so leicht.«
Marie grinste. »Ich glaube, wir haben ganz vergessen, dass die Geschäftsführerin von *AquaMagic* uns erzählt hat, dass heute Abend im JUZ ein Film gezeigt wird. Über die Verschmutzung der Weltmeere. Danach gibt es eine Diskussion

mit Fachleuten von, ähm, genau: *AquaMagic.*« Sie zwinkerte Kim und Franzi verschwörerisch zu. »Ist doch klar, dass wir zu dieser Veranstaltung müssen, oder?«
Kim nickte. »Das könnte klappen. Bildung zieht bei meiner Mutter immer.«
»Gut«, stellte Franzi zufrieden fest. »Bei meinen Eltern bestimmt auch. Dann treffen wir uns nach dem Abendessen in dem kleinen Park hinter dem Schauaquarium. 19:30 Uhr. Okay?«
Kim und Marie nickten und sie verabschiedeten sich schnell voneinander.

Eine halbe Stunde später saß Kim pünktlich zu Hause am Tisch. Die Zwillinge waren merkwürdig ruhig und aßen schweigend ihre Wurstbrote. Kim sah ihre Mutter fragend an. Frau Jülich lächelte schief. »Wir haben vorhin ein ernstes Wörtchen miteinander geredet. Ich habe den Stoffbeutel, den du von diesem Schauaquarium bekommen hast, im Flur gefunden. Er war völlig zerfetzt und der komplette Inhalt ist verschwunden.« Sie warf den Jungs einen strengen Blick zu. »Ben und Lukas haben gestanden, dass sie die Schokolade aufgegessen und Pablo diesen Plüschkraken gegeben haben.« Sie seufzte. »Und jetzt ist er weg. Tut mir leid!«
»Er lag unter dem Schreibtisch, ich schwöre«, nuschelte Lukas mit vollen Backen.
Frau Jülich trommelte mit den Fingern auf der Tischplatte. »Wie oft soll ich es noch sagen: kauen, schlucken, reden. Und zwar nacheinander.«
Lukas verdrehte die Augen.

»Wie auch immer«, fuhr Kims Mutter fort, »die Jungs werden dir die Sachen von ihrem Taschengeld ersetzen.«
Kim sah ihre Brüder an, die völlig geknickt dasaßen. Für einen kurzen Moment hatte sie beinahe Mitleid mit den beiden. Der Plüschkrake war ja gar nicht verschwunden, er befand sich in ihrem Rucksack. Allerdings hatten die Jungs das Maskottchen ziemlich übel zugerichtet. Dafür hatten sie durchaus eine Strafe verdient, fand Kim.
Sie räusperte sich. »Einen neuen Plüschkraken brauche ich nicht unbedingt, aber die Schokolade möchte ich ersetzt haben. Sagen wir, ihr gebt mir fünf Tafeln Vollmilch-Nuss. Dann sind wir quitt.«
Ben und Lukas sahen Kim ungläubig an.
Kim hob drohend den Zeigefinger. »Aber wenn ihr noch einmal an meine Sachen geht, könnt ihr was erleben. Dann zahlt ihr mir ein richtig fettes Schmerzensgeld.«
Herr Jülich nickte. »Das ist fair von dir, Kim. Danke!«
Die Zwillinge sahen ihre große Schwester immer noch fassungslos an. Dann flüsterten sie wie aus einem Mund: »Abgemacht!«
Kim winkte ab und nahm sich eine Brotscheibe aus dem Korb. Während sie Frischkäse daraufstrich, sagte sie beiläufig: »Ich habe übrigens vergessen, euch etwas Wichtiges zu fragen.«
Ihre Eltern sahen sie überrascht an. »Was denn, mein Schatz?«, wollte Frau Jülich wissen.
Kim schnitt mit klopfendem Herzen eine knallrote Tomate in Scheiben und hoffte, dass ihre Wangen nicht die gleiche Farbe angenommen hatten. Lügen machten sie einfach total

nervös. »Franzi, Marie und ich sind heute Abend von der Geschäftsführerin von *AquaMagic* zu einer Veranstaltung im JUZ eingeladen worden«, sagte sie schnell. »Es gibt einen interessanten Film über die Verschmutzung der Ozeane und eine anschließende Diskussion.« Kim legte zwei Tomatenscheiben auf ihr Brot. »Ich müsste um halb acht da sein, und ähm, Maries Vater holt uns gegen zehn wieder ab.« Kim biss schnell in die Tomaten-Frischkäse-Schnitte und hielt sie auf halber Höhe vor ihr Gesicht, um ihre Wangen zu verdecken.
»Das ist aber sehr spontan«, sagte Frau Jülich. »Andererseits finde ich es sehr schön, dass du so vielseitig interessiert bist.«
Kims Vater lächelte. »Ich bin dafür, dass Kim hingeht. Wenn sie ihr Herz für den Umweltschutz entdeckt hat, ist das doch großartig. Das gefällt mir wesentlich besser als diese Detektivarbeit, bei der sich die Mädchen ständig in Gefahr bringen.«
Kim verschluckte sich und begann zu husten. Ben klopfte ihr kräftig auf den Rücken. »Alles klar, Schwesterherz?«, fragte er grinsend.
»Jaha!« Kim schubste Bens Hand weg und hustete noch einmal. Dann lächelte sie ihre Eltern an. »Super, danke! Ich müsste dann aber bald los.«
»Das geht ausnahmsweise in Ordnung«, antwortete ihre Mutter. »Aber iss bitte erst auf.«
»Mach ich.« Kim bemühte sich, so schnell es ging, die restliche halbe Tomate und das angebissene Brot von ihrem Teller wegzuputzen. Sie schaffte beides in Rekordzeit, sprang vom Tisch auf und verabschiedete sich von ihrer Mutter und ihrem Vater mit einem Küsschen. Ben und Lukas gab sie je

eine leichte Kopfnuss, was mit leisem Murren quittiert wurde.
Im Flur suchte Kim hektisch nach ihrem schwarzen Parka. Sie wollte für die Beobachtungsaktion optimal gerüstet sein, und dazu gehörte unbedingt dunkle, unauffällige Kleidung. Kim wühlte sich durch die unzähligen Jacken, Mäntel, Tücher und Schals, die an der Garderobe hingen. Wo war der verdammte Parka? Sie machte einen Schritt zur Seite und stolperte über etwas. Kim konnte sich gerade noch an einem Garderobenhaken festhalten und so das Gleichgewicht halten. Als sie auf den Boden sah, entdeckte sie zwei geöffnete Kartons, die bis zum Rand mit Prospekten gefüllt waren. Das war bestimmt wieder Info-Material, das ihre Mutter für die Schule brauchte. Ständig bekam sie Broschüren vom Schulamt geschickt, die sie an die Lehrer zu verteilen hatte. Kim fragte sich gerade, warum die Sachen eigentlich immer zu ihnen nach Hause und nicht gleich in die Schule geschickt wurden, da fiel ihr Blick auf eine Abbildung auf einem der Prospekte. Sie kniff die Augen zusammen und schüttelte den Kopf. Auf der Broschüre war ein Junge mit halblangen, braunen Haaren abgebildet. Er hielt eine Bierflasche in der Hand und prostete zwei anderen Jungs zu. Alle drei sahen ziemlich fertig aus.
Der braunhaarige Junge hatte eine ungeheure Ähnlichkeit mit David. Warum bloß bildete sie sich ständig ein, den Typen überall zu sehen?! Kim nahm eine Broschüre aus dem Karton und sah genauer hin. Jetzt stockte ihr der Atem. Ihr Herz hatte ihr dieses Mal keinen Streich gespielt. Dieser Junge auf dem Prospekt war ganz eindeutig David! Das Foto

war gestochen scharf, sie konnte die Sommersprossen auf seiner Nase und die Goldpunkte in seinen Augen erkennen. »Kenn dein Limit!«, lautete der Titel des Flyers. Es handelte sich offenbar um eine Aufklärungsbroschüre für Jugendliche zum Thema Alkoholkonsum.
In dem anderen Karton lagen Faltblätter, auf denen ein hübsches, dunkelhaariges Mädchen mit herzförmigem Gesicht abgebildet war. Es sah mit vor Angst geweiteten Augen auf ein Handy. Über dem Bild stand: »Stopp Mobbing!«
Kim schluckte. Sie kannte auch das Mädchen. Es war Selina. Kims Gedanken überschlugen sich. Sie blätterte die Alkohol-Broschüre bis zum Ende durch. Dort standen die Angaben zur Agentur, die den Flyer für das Schulamt gestaltet hatte. Eine Zeile des Impressums stach Kim sofort ins Auge: *Die Fotos für diese Broschüre stammen von Sophia Lindemann.*
Davids Mutter hatte die Bilder gemacht!
Kim las den restlichen Text:

Weitere Ratgeber in Planung:
Sport ist nicht Mord – Mehr Bewegung für Kids!
Ich kann das! – Mehr Selbstbewusstsein für Kinder
Der erste Kuss – Beziehungsratgeber für Teens

»Der erste Kuss – Beziehungsratgeber für Teens«, murmelte Kim fassungslos.
Welches Motiv würde sich für solch eine Broschüre am besten eignen?
Ein Junge und ein Mädchen, die dicht voreinanderstanden und sich verliebt ansahen.

Genau so, wie sie es auf den Fotos gesehen hatte, die bei David zu Hause auf der Kommode gelegen hatten!
Kim wurde beinahe schwarz vor Augen.
»Ich glaube, ich muss dringend etwas Wichtiges mit dir klären, David«, flüsterte sie.

Die richtige Ausrüstung, Wissen und viel Training

Kim zog ihr Handy hervor. Als sie die Uhrzeit auf dem Display sah, erschrak sie: Es war schon Viertel nach sieben. Marie und Franzi warteten. Sie musste dringend los! Schnell tippte Kim eine Nachricht und schickte sie an David. Dann schnappte sie sich den dunkelblauen Kapuzenpulli ihres Vaters, schlüpfte hinein und stürzte zur Tür.

»Wo bleibst du denn?«, zischte Marie, als Kim bei ihr und Franzi ankam. Ihre Freundinnen hatten sich hinter dem dicken Stamm einer Eiche versteckt, die in dem kleinen Park stand, der an die Rückseite des Gebäudes von *AquaMagic* angrenzte. Kim hatte Marie erst entdeckt, als sie hinter dem Baum kurz hervorgelugt und gewunken hatte.
Kim atmete tief durch. »Es tut mir leid«, flüsterte sie. »Ich habe etwas herausgefunden … egal. Ich erzähle es später.«
Marie nickte. »Ist gut. Kelver und Marts sind übrigens schon da, zumindest ist in Kelvers Büro das Licht eingeschaltet.«
Kim sah an dem Gebäude hoch, dessen weißer Anstrich in der einsetzenden Dämmerung zwischen dem Gerüst der Fluchttreppen hervorblitzte. Ein einziges Fenster im zweiten Stock war erleuchtet. Es war gekippt.
»Wir müssen übrigens umplanen«, zischte Franzi und verstaute das Richtmikrofon, das sie in der Hand hielt, vorsichtig in ihrem Rucksack. »Wir haben es ausprobiert, das Teil funktioniert nicht.«

Kim sah ihre Freundinnen entsetzt an. »Warum nicht?« Sie überlegte kurz. »Ach so, es gibt wahrscheinlich zu viele Störquellen. Die Außentreppe und die Stege vor den Fenstern lenken den Schall ab!«
»Das denke ich auch«, sagte Franzi.
Kim boxte gegen den Baumstamm. »Verdammt, was machen wir jetzt?«
»Das ist ganz einfach«, sagte Franzi. »Wir klettern die Fluchttreppe hoch und postieren uns direkt beim Fenster. Solange es gekippt ist, können wir gut hören, was drinnen gesprochen wird.«
Kim runzelte die Stirn. »Ich glaube, da brauche ich erst mal eine extra Portion Energie.«
Ihre Freundinnen verstanden sofort. Franzi streckte ihre Hand aus. Schweigend legten Marie und Kim ihre darauf. Dann flüsterten sie gemeinsam: »Die drei !!!.«
Kim sagte leise: »Eins!«, Franzi »Zwei!« und Marie folgte mit: »Drei!«. Schließlich streckten sie die Arme in die Höhe und flüsterten: »Power!!!«
Sofort spürte Kim, wie eine Welle unbändiger Kraft und warmer Energie durch ihren Körper flutete. Der Powerspruch wirkte einfach immer wieder magisch! »Auf geht's«, zischte sie.
Franzi versteckte den Rucksack mit dem Richtmikrofon darin schnell unter einem Haufen Laub am Stamm der Eiche. »Den holen wir uns später wieder«, murmelte sie und lief los. Der Ausstieg der Fluchttreppe befand sich seitlich am Gebäude. Er war mit einem hohen Gittertor gesichert. Marie warf einen kurzen Blick auf das Schloss, machte ein zufriede-

nes Gesicht und zog ein blaues Mäppchen aus ihrer Jackentasche.

»Neu?«, fragte Kim.

Marie hatte bislang immer ein kleines, rotes Mäppchen für ihre Dietrichsammlung benutzt.

»Ja, ich brauchte ein größeres, seit ich meine Ausstattung erweitert habe. Aber hier reicht ein normaler Dietrich völlig aus.«

Marie machte sich an die Arbeit. Innerhalb einer halben Minute hatte sie das Schloss geknackt und zog an der Tür, die sofort leise quietschend aufschwang.

Franzi sah Marie bewundernd an. »Du bist wirklich schnell«, raunte sie und schlüpfte als Erste zur Treppe.

»Wir müssen uns ja auch beeilen!«, zischte Marie. »Es ist schon fünf nach acht.«

Kim folgte als Letzte. Zögerlich setzte sie einen Fuß auf das Metallgitter der ersten Stufe. Sowohl enge Räume als auch größere Höhen waren ihr unheimlich und sie mied sie, wo es nur ging. Jetzt aber konnte sie sich nicht drücken! Kim konzentrierte sich auf den Rücken von Marie, die leise vor ihr die Treppe hochlief.

Der Aufstieg ging schneller, als Kim erwartet hatte. Schon nach kurzer Zeit hatten sie den zweiten Stock erreicht. Sie befanden sich jetzt auf der Höhe des ersten Büros. Das übernächste war das von Kelver. Aufgeregte Stimmen drangen durch das gekippte Fenster nach draußen. Kims Herz hämmerte gegen ihre Rippen. Sie meinte, die Stimmen von Kelver und Marts zu erkennen, und dazwischen die einer Frau. Was gesprochen wurde, war nicht zu verstehen.

»Ich stelle mich links vom Fenster hin, ihr rechts, okay?«, flüsterte Franzi.
Sie krabbelte auf allen vieren bis zu Kelvers Büro vor und richtete sich seitlich davon auf. Dabei presste sie sich dicht an die Wand. Vorsichtig schob sie ihren Kopf vor und warf einen Blick in das Zimmer. Völlig überrascht zuckte Franzi zusammen und zog sich schnell wieder zurück. Sie krabbelte ein Stück in Richtung von Kim und Marie.
»Ich glaube es nicht: Da drin ist Amelie Funke. Mit Kelver und Marts!«, zischte sie.
»Was?« Marie riss die Augen auf. »Bist du sicher?«
»Ja! Aber du kannst ja selber nachsehen.« Franzi rückte ein Stück zur Seite, sodass Marie an ihr vorbeirobben konnte.
Kim schüttelte den Kopf. »Ist das Zufall oder ist Amelie Funke tatsächlich die Person, die Kelver aus dem Café angerufen hat?«
»Das kriegen wir nur raus, wenn wir hören, was sie sagen«, meinte Franzi und schlich wieder zum Fenster hin. Kim folgte ihr.
Marie hatte sich seitlich vom Fenster hingekniet und warf einen kurzen Blick ins Zimmer. Danach nickte sie Franzi zu.
Kim versuchte, so nahe wie möglich an den Fensterspalt zu kommen, ohne dass sie von innen gesehen werden konnte. Amelie Funke stand mit vor Aufregung gerötetem Gesicht im Büro, während die Besitzer von *AquaMagic* auf zwei Stühlen Platz genommen hatten. Das Büro war ähnlich ausgestattet wie das von Dr. Steiner, sah jedoch wesentlich chaotischer aus. Auf dem Schreib- und dem Besprechungstisch

lagen hohe Stapel von Unterschriftsmappen und diversen Papieren.

»Ich habe den Vertrag nicht dabei!«, rief die Frau im nächsten Moment verzweifelt aus. »Simon und Thomas hatten heute Nachmittag einen Tauchunfall und sind zur Überwachung im Krankenhaus. Ich komme ohne sie nicht an den Vertrag heran. Wir liefern nächste Woche, ich schwöre es!«

Die drei !!! sahen sich entsetzt an.

»Ihr wollt uns doch nur hinhalten«, donnerte Kelver los. »Wollt ihr den Preis in die Höhe treiben?«

»Nein!«

»Rück endlich den Vertrag raus!«

»Ich habe ihn nicht. Geben Sie uns Zeit bis nächste Woche!«

Etwas fiel krachend zu Boden und Marie sprang vor Schreck auf.

Kim sah, dass Kelver so plötzlich aufgestanden war, dass sein Stuhl nach hinten gekippt und umgefallen war.

»Weißt du was?«, schrie der Mann. »Ich glaube dir kein Wort! Du bleibst einfach so lange da, bis Simon und Thomas uns den Vertrag bringen.«

Entsetzt beobachtete Kim, wie die beiden Männer die Taucherin packten. Sie wehrte sich nach Leibeskräften, aber Kelver und Marts waren stärker. In Windeseile zerrte Kelver sich seine Krawatte vom Hals und verband Amelie Funke damit den Mund. Unterdessen schnappte sich Marts eine Rolle Paketband vom Tisch und fesselte ihre Hände und Füße. Die Männer zerrten Amelie Funke zu einer schmalen Tür, die Kim bisher nicht bemerkt hatte. Immer noch versuchte sich die Taucherin verzweifelt zu wehren, indem sie sich hin und her wand. Kelver ließ die Füße der Frau fallen und öffnete die Tür. Gemeinsam mit Marts bugsierte er die Gefesselte in den Raum dahinter, warf die Tür zu und drehte den Schlüssel um.

Die Männer atmeten schwer. Marts fuhr sich mit beiden Händen durch die Haare und lief nervös im Raum auf und ab. »Verdammt noch mal!«, rief er. »Was machen wir hier eigentlich?«

Kelver schlug mit der flachen Hand auf den Tisch. »Das läuft irgendwie alles aus dem Ruder!«

»Ich rufe Tauber an«, schnaubte Marts.

»Und ich Kommissar Peters«, flüsterte Kim. »Das wird mir hier zu heiß.« Sie zog ihr Handy aus der Hosentasche.

»Mist! Tauber hat abgeschaltet«, drang die wütende Stimme von Marts nach draußen. »Und Schubart genauso!«

»Beruhige dich«, antwortet Kelver. »Wir gehen erst mal runter und besorgen uns was zu trinken. Wir müssen überlegen, was wir jetzt machen.«

Kim lauschte dem Anrufbeantworter des Kommissars und schüttelte den Kopf. »Er geht nicht ran.« Sie hinterließ eine kurze Nachricht und steckte das Handy wieder ein.

Als sie aufsah, stand Marie mit einer Klopapierrolle und einer langen Schnur in den Händen aufrecht vor dem Fenster.

»Was machst du da?«, zischte Kim.

»Das Fenster auf«, murmelte Marie.

»Aber Kelver und Marts …«

»Die sind abgehauen«, sagte Marie. »Und wir holen Amelie Funke da jetzt raus. Gut, dass ich meine neue Ausrüstung dabeihabe.«

Mit offenem Mund sah Kim zu, wie Marie die Papprolle auf das dünne Seil auffädelte und durch den Spalt des gekippten Fensters auf der Innenseite heruntergleiten ließ. Sie hantierte so geschickt mit den beiden Seilenden in ihren Händen, dass sich die Papprolle genau über den senkrecht stehenden Fenstergriff stülpte. Marie führte die Enden der Schnur locker zur rechten und linken Seite des Fensters.
Sie hielt die Enden mit einer Hand fest und griff kurz in ihre Jackentasche. Als sie die Hand wieder hervorzog, lag ein runder Gegenstand darin: Es war ein Saugnapf. Marie drückte ihn auf die Scheibe und zog das Fenster damit langsam zu sich heran. Es klappte zu. Währenddessen zog Marie weiter an den eingeklemmten Seilen, sodass die Papprolle Druck auf den Fenstergriff ausübte. Kim traute ihren Augen nicht: Der Griff bewegte sich langsam von der senkrechten Position in die waagerechte.
»Geschafft«, sagte Marie nach einigen Sekunden und drückte gegen den Rahmen. Das Fenster sprang auf.
»Wahnsinn«, rief Franzi.
»Nein, nur die richtige Ausrüstung, Wissen und viel Training«, erwiderte Marie ungerührt und kletterte ins Büro.
Kim und Franzi folgten ihr schnell.
Marie rannte zu der schmalen Tür, drehte den Schlüssel im Schloss und riss die Tür auf. Ein dumpfer Schreckenslaut drang aus der Kammer.
»Keine Angst, Frau Funke«, sagte Marie leise. »Wir holen Sie hier raus.«
Kim lief zum Schreibtisch und schnappte sich eine Schere.
Als sie bei der Kammer ankam, hatte Marie die Taucherin

bereits vom Knebel befreit. Sie japste nach Luft und starrte die Mädchen völlig verwirrt an.
»Ihr seid das?«, krächzte sie. »Was macht ihr hier?«
»Das erklären wir später«, sagte Kim und schnitt das Klebeband an den Händen und Füßen der Frau auf. »Wir müssen weg! Die Typen können jederzeit wiederkommen.«
Amelie Funke nickte schweigend und entfernte mit zitternden Fingern das Klebeband von ihren Handgelenken. Ihr Gesicht war sehr blass, Schweißtropfen glitzerten auf ihrer Stirn.
»Wir nehmen die Feuertreppe«, zischte Franzi und sprang zum Fenster. Amelie Funke nickte wieder schweigend. Sie schien unter Schock zu stehen und kletterte wie in Trance hinter Franzi hinaus auf die Nottreppe. Kim und Marie folgten und sie liefen, so schnell es in der Dunkelheit möglich war, die Stufen hinunter.
»Wir verstecken uns erst mal bei der Eiche«, sagte Franzi.
Amelie Funke sah sich fahrig um. Kim fasste alarmiert nach ihrem Arm. »Denken Sie nicht einmal daran, jetzt wegzulaufen«, zischte sie. »Wir wollen Ihnen doch nur helfen!«
Die Taucherin sah Kim mit vor Angst geweiteten Augen an. »Ihr könnt mir nicht helfen.« Sie schlug die Hände vors Gesicht und begann verzweifelt zu schluchzen.
Kim legte einen Arm sie. Marie warf einen besorgten Blick nach oben zu den Büros. »Wir können hier nicht länger bleiben!«
»Kommen Sie«, flüsterte Kim, und die drei Freundinnen zogen Amelie Funke mit sich.

Das Geständnis

Amelie Funke leistete keinen Widerstand. Erschöpft und leise schluchzend folgte sie den Detektivinnen bis zur Eiche und ließ sich mit dem Rücken am Stamm entlang auf den Boden gleiten. Franzi grub ihren Rucksack aus dem Laubhaufen aus und zog ein Päckchen Taschentücher heraus. Sie reichte der Taucherin eines.

»Beruhigen Sie sich«, bat Kim. »Und erzählen Sie!«

Amelie Funke presste das Taschentuch auf ihre Augen und schüttelte den Kopf. »Alles ist aus.«

Kim setzte sich neben sie und sah sie ernst an. »Was ist los? Erklären Sie es uns! Zuerst streiten Sie mit Kelver und Marts wegen dieser Flyer herum, dann ruft Marts Sie an und will einen Deal wegen eines Vertrags machen, den Sie offensichtlich den Herren gestohlen haben – und dann tauchen Sie hier auf und erklären, dass Sie den Vertrag doch nicht zurückgeben können, die beiden Herren flippen aus und sperren Sie ein.« Kim holte tief Luft. In ihrem Kopf herrschte völliges Chaos. »Das ist doch alles komplett verrückt!«

Die Taucherin starrte Kim mit offen stehendem Mund an. »Wo… woher weißt du das alles?«, stotterte sie.

»Wir sind eben Detektivinnen«, antwortete Kim ernst. »Aber das wissen Sie ja eigentlich schon. Würden Sie jetzt endlich sagen, um was für einen Vertrag es hier geht?«

»Das ist eine lange Geschichte«, murmelte Amelie Funke. »Ich weiß nicht, wie ich …«

»Fangen Sie einfach an«, unterbrach Kim sie. »Wir fragen

nach, wenn wir etwas nicht verstehen.« Ungeduldig trommelte sie mit den Händen auf ihren Knien.

Amelie Funke schien mit sich zu ringen. Dann aber brach es aus ihr heraus: »Simon, Thomas und ich, wir sind Kelver seit zwei Monaten auf der Spur. Es geht um einen Skandal wegen Krake Karlo.«

»Sie haben also auch herausgefunden, dass die Plüschtiere smartes Spielzeug sind und *AquaMagic* sie illegal verkauft«, rief Franzi dazwischen.

»Illegale Plüschtiere?«, wiederholte Amelie Funke erstaunt. »Was meinst du denn damit?«

»Vergessen Sie es einfach«, sagte Kim schnell. »Erzählen Sie weiter.«

»Es gab in Umweltschutzkreisen Gerüchte darüber, dass der kleine Krake Karlo gar nicht von Fischern verletzt aufgefunden und gerettet wurde, wie Kelver und Marts das immer erzählen. Karlo soll vielmehr im Auftrag von *AquaMagic* in der Nordsee eingefangen worden sein. Dabei wurde er dann verletzt.«

»Was?«, rief Franzi entsetzt. »Das wäre aber dermaßen mies!«

Die Taucherin nickte. »Ganz genau! Wir wollten der Sache auf den Grund gehen und Beweise sammeln. Dann wären wir natürlich damit an die Öffentlichkeit gegangen.« Amelie Funke knetete ihre Hände. »Aber dann ist alles ganz anders gelaufen. Wir haben heimlich in Kelvers Büro nach Unterlagen mit der Adresse dieser Nordsee-Fischer gesucht, um sie zu kontaktieren. Dabei habe ich zufällig einen Schlüssel für den Tresor entdeckt. Simon hat ihn geöffnet und einen Vertrag darin gefunden. Er hat sich das Papier durchgelesen und war plötzlich Feuer und Flamme. Er meinte, dass wir etwas viel Größeres und Besseres gefunden hätten und dass er nun wüsste, wie er für unseren Verein sehr viel Geld beschaffen könnte.«

»Sie haben die Besitzer von *AquaMagic* also mit dem Vertrag erpresst«, rief Kim. »Aber was stand drin?«

Amelie Funke biss sich auf die Lippe. »Kelver und Marts haben mit einer Werbe- und Marketingfirma ausgemacht, dass sie Bilder und Tonaufnahmen aus über 15.000 privaten Haushalten sammeln und innerhalb des nächsten halben Jahres an die Firma liefern. Für eine irre Summe Geld.« Sie rieb sich die Augen. »Ich habe nicht alles so genau verstanden, aber Simon meinte, dass in diesem Vertrag ein kriminelles Geschäft abgeschlossen wurde. Kelver und Marts wollen irgendwie Familien ausspionieren und dann die gesammelten Daten verkaufen. Wenn das herauskommt, sind die beiden geliefert. Sie wandern dafür höchstwahrscheinlich ins Gefängnis.« Amelie Funke starrte auf den Boden und erzählte weiter: »Simon und Thomas haben den Vertrag mitgenommen und versteckt. Dann haben wir Kelver und Marts geschrieben, dass wir von ihren kriminellen Machenschaften wissen, aber nichts verraten werden, wenn sie unserem Verein eine Spende von fünfhunderttausend Euro zukommen lassen und für die Zukunft auch wieder die regelmäßigen Gelder für Umweltschutzprojekte zahlen würden.« Amelie Funke seufzte. »Mir war das alles unheimlich. Ich wollte da eigentlich nicht mitmachen. Aber wir brauchen dringend Geld für unseren Verein! Seit *AquaMagic* die Gelder eingefroren hat, mussten wir schon zwei wichtige

Projekte auf Eis legen.« Sie fing erneut an zu schluchzen. Mit tränenerstickter Stimme sagte sie: »Ich hätte Simon und Thomas davon abhalten müssen. Kelver und Marts sind gefährlich! Die sind uns einfach überlegen. Die haben uns ja auch über zwei Wochen einfach hingehalten und wollten auf den Deal nicht eingehen.« Amelie Funke hielt inne und putzte sich die Nase.
Kim räusperte sich. »Aber heute Nachmittag rief Marts Sie an und wollte das Geschäft plötzlich doch machen.«
»Ja!«, stieß die Taucherin schrill hervor. »Es sollte ganz schnell gehen. Aber Simon hat den Vertrag nicht mehr gefunden. Er war einfach nicht mehr in dem Versteck.« Die Frau sah Kim panisch an. »Ich weiß nicht, was die mit uns machen, wenn die ihren Vertrag nicht wiederbekommen!«
Franzi sah Kim und Marie entsetzt an. »Das ist unfassbar!«
Kim schnaubte wütend. »Der Vertrag steht ganz offensichtlich in Verbindung mit den Plüschkraken. Er ist der absolute Beweis für den fiesen Plan von Kelver und Marts: Sie wollten die Plüschkraken über den Shop von *AquaMagic* unter die Leute bringen und sie ausspionieren. Und dann wollten sie die Daten an diese Marketingfirma verscherbeln.«
»Ohne den Vertrag können die sich in jedem Fall rausreden«, stellte Marie fest. »Wir brauchen dieses Papier.« Sie sah Amelie Funke eindringlich an. »Sie sind wirklich sicher, dass der Vertrag nicht mehr da ist?«
»Absolut.« Die Taucherin schlang die Arme um ihren Oberkörper und begann vor- und zurückzuwippen. »Simon meinte, es sei am sichersten, wenn wir den Vertrag tief unten in einem der Becken von *AquaMagic* verstecken. Außer uns

dreien kommt da ja niemand dran. Er wollte ihn heute Nachmittag bergen, aber er war weg! Simon hat verzweifelt das ganze Becken abgesucht. Und dabei ist er vor lauter Aufregung mit dem Luftschlauch an einem Felsen hängen geblieben. Thomas ist sofort zu ihm ins Wasser und hat ihn gerettet.« Sie schluchzte auf. »Beim Aufstieg sind beide mit den Köpfen gegen eine Verstrebung gestoßen. Es sah schrecklich aus! Sie hätten sterben können. Und das alles wegen des blöden Geldes!«

Die drei !!! schwiegen betroffen.

Nach einer Weile räusperte sich Kim. »Das ist wirklich ein besonderes Versteck. Vor allem für eine Sache aus Papier.«

»Wir haben den Vertrag natürlich in eine wasserdichte Aluminium-Kapsel gepackt, bevor Simon sie bei den Meeresschildkröten verborgen hat«, antwortete Amelie Funke.

Franzi zuckte zusammen. »Womöglich hat eine der Schildkröten die Kapsel gefunden und sie verschluckt. Das Tier könnte ernsthafte Probleme bekommen!«

»Dazu ist der Behälter zu groß, den könnten sie niemals runterschlucken«, entgegnete Amelie Funke. »Außerdem hat Simon die Kapsel in eine Felsspalte geschoben. Da kommen die Schildkröten auf keinen Fall heran.«

Kim dachte scharf nach. Und plötzlich hatte sie eine ziemlich verrückte Idee. »Das Becken mit den Meeresschildkröten steht in dem Raum mit dem Riff des Kraken, richtig?«

»Stimmt. Warum willst du das wissen?«

Kim überging die Frage der Taucherin und sah sie aufgeregt an. »Ich würde mir gerne selbst ein Bild machen. Haben Sie einen Schlüssel für das Gebäude?«

Amelie Funke nickte erstaunt. »Ja, für den Personaleingang. Aber …«

»Gut, dann lassen Sie uns reingehen.«

Franzi und Marie zögerten. »Kelver und Marts sind vielleicht noch drin«, gab Marie zu bedenken.

»An denen kommen wir schon vorbei«, sagte Kim. »Ich muss da jetzt einfach nachsehen.«

Das ist der Täter!

Die Detektivinnen folgten Amelie Funke zum Personaleingang, der sich seitlich am Gebäude befand.
»Was mache ich hier eigentlich«, murmelte sie, während sie mit zitternder Hand aufschloss.
Sie öffnete die Tür einen Spaltbreit und lugte vorsichtig hindurch. Kim sah an ihr vorbei. Das Foyer von *AquaMagic* lag im Dunkeln. Aus dem Café drang ein bläulich schimmerndes Licht.
»Was ist das?«, fragte Franzi beunruhigt.
»Das sind nur die Monitore an den Wänden. Die Aushilfe vom Café vergisst immer, sie auszuschalten.« Plötzlich zuckte Amelie Funke zusammen. »Dahinten sitzen sie!«
Kim reckte den Hals. Tatsächlich waren hinter der Scheibe des Cafés zwei Schatten zu erkennen, die an einem Tisch saßen. Mehrere Flaschen standen vor ihnen, und Kim meinte die Stimme von Kelver zu erkennen, der aufgeregt auf Marts einredete.
Amelie Funke begann am ganzen Körper zu zittern. Sie trat einen Schritt zurück und die Tür fiel beinahe ins Schloss. Kim konnte gerade noch ihren Fuß dazwischenstellen und sie offen halten.
»Wenn sie uns entdecken …«, wisperte Amelie Funke.
»Das werden sie nicht«, zischte Franzi. »Wir verschwinden doch gleich dadrin.« Sie deutete zum Durchgang in den Schaubereich, der direkt neben dem Personaleingang lag.
Kim nickte. »Los!«

Schnell schlüpften sie durch die Tür und zogen sie leise hinter sich zu.
Als sie die Halle mit dem Ozean-Aquarium durchquerten, warf Kim einen unsicheren Blick auf das riesige Becken. Es sah ganz anders aus, als sie es vom Samstag her in Erinnerung hatte. Die Unterwasserlandschaft war von einem seltsamen milchigen Licht erleuchtet, das alle hellen Farbtöne in ein geheimnisvolles Glimmen versetzte. Die Korallen hingegen leuchteten nicht mehr intensiv rot, sondern waren zu bizarren schwarzen Formen geworden, vor denen sich die Schwärme der Doktorfische als schwebende Geisterwesen abzeichneten.
»Die Beleuchtung ist auf Mondscheinmodus geschaltet«, erklärte Franzi und zog Kim weiter. »Das wird gemacht, damit die Tiere einen ähnlichen Lichtrhythmus wie in der freien Natur haben.«
»Was du alles weißt«, murmelte Kim und warf einen letzten Blick auf die schaurig-schöne Unterwasserlandschaft.
Sie hatten den Saal, in dem sich das Becken mit den Meeresschildkröten befand, schnell erreicht. Auch hier herrschte eine gespenstische Atmosphäre, die durch das künstliche Mondscheinlicht hervorgerufen wurde. Die schwarzen Silhouetten der drei großen Tiere zogen gemächlich ihre Bahnen zwischen den aufsteigenden Sauerstoffperlen.
Marie schüttelte den Kopf. »Die Felsenlandschaft ist in dem Licht ein einziger schwarzer Klotz. Da kann man ja gar nichts sehen.«
»Ich glaube, das brauchen wir auch nicht«, murmelte Kim und lief zu dem Becken, das schräg gegenüber lag.

»Wie bitte?« Marie folgte Kim. »Aber ich dachte …«
»Vielleicht weiß Karlo, wo die Kapsel ist?«, unterbrach Kim sie.
Marie grinste schief. »Sehr witzig.«
Franzi und Amelie traten ebenfalls an das Aquarium des Kraken heran.
»Simon hat die Kapsel definitiv bei den Schildkröten versteckt«, flüsterte Amelie. »Wir vergeuden hier unsere Zeit.«
Plötzlich schoss ein kleiner Schatten von oben nach unten quer durchs Becken und heftete sich auf Höhe ihrer Köpfe an die Scheibe. Kim, Marie und Amelie wichen erschrocken zurück.
Marie schlug sich die Hand vor den Mund. »Hat der mich erschreckt.«
»Hi, Karlo«, wisperte Franzi. »Er muss uns bemerkt haben und will Hallo sagen.« Sie legte ihre Hand an die Scheibe.
Marie atmete tief durch. Auch Kim musste sich erst mal von dem kleinen Schreck erholen, den ihr der Krake mit seinem plötzlichen Auftauchen versetzt hatte.
Franzi dagegen sah das Tier verliebt an und seufzte. »Der ist so niedlich! Guckt mal, was er macht.«
Der Oktopus hatte sich an der Scheibe festgesaugt und einen Tentakel genau an die Stelle gelegt, an der sich Franzis Hand befand. Es sah aus, als würden sich Mensch und Tier abklatschen.
Kim ließ ihren Blick aufmerksam durch das Becken gleiten. Der helle Stein der Meerjungfrauen-Statue leuchtete im künstlichen Mondlicht, und der Teil des Gesichts, der nicht von langen Algen verdeckt war, wirkte beinahe lebendig. Die

Figur schien Kim anzublinzeln, während sie ihren immerwährenden Luftkuss mit steinerner Hand verschickte. Kim ging in die Knie, um die liegende Figur besser betrachten zu können. Sie hielt den Atem an. Im Sand unter dem Nixenschwanz befand sich eine kleine Vertiefung. Kim ging mit ihrem Gesicht so nah wie möglich an die Scheibe heran und kniff die Augen zusammen. Jetzt erkannte sie, dass in der Kuhle etwas lag: Es war ein glänzender Gegenstand, länglich, mit abgerundeten Enden.

»Ich glaube, da ist die Kapsel«, ächzte Kim. »Ich habe mich nicht geirrt.«

Marie, Franzi und Amelie Funke rissen die Augen auf und drängten sich neben Kim.

»Das kann nicht sein«, japste die Taucherin. »Simon hat die Kapsel hier nicht versteckt.« Sie ging ebenfalls in die Knie und sah angestrengt in das Aquarium hinein. Nach kurzer Zeit richtete sie sich wieder auf. »Aber das ist sie.«

Der Krake hatte sich in der Zwischenzeit nach unten gleiten lassen und drückte den Kopf seitlich gegen das Glas. Es sah aus, als wolle er angestrengt erkunden, was sich draußen tat.

»Ich verstehe das nicht«, sagte Amelie. »Simon kann sich doch nicht so geirrt haben.«

Kim schüttelte den Kopf. »Das hat er auch nicht.« Sie deutete auf den Oktopus. »Es mag verrückt klingen, aber ich glaube, dass der kleine Kerl hier die Kapsel in sein Becken verschleppt hat.«

Marie sah Kim vorwurfsvoll an. »Kim, das *klingt* nicht verrückt, das *ist* verrückt!«

Franzi zeichnete einen Bogen an der Scheibe und der Krake

kringelte seine Tentakel von innen dagegen. »Nicht unbedingt. Kim könnte tatsächlich recht haben.« Sie tippte gegen eins ihrer silbernen Armbänder. »Karlo liebt glänzende Sachen, und er will sie unbedingt haben. Das habt ihr ja am Samstag selbst mitbekommen.«
»Genau«, platzte Kim heraus. »Was, wenn der Krake beobachtet hat, wie Simon diese wunderschöne glänzende Kapsel im Aquarium drüben versteckt hat, und sie sich geholt hat?«
Marie seufzte. »Leute! Wie soll er denn, bitte, von seinem in das andere Becken und wieder zurückgekommen sein?«
»Das könnte er ganz gut hinbekommen haben«, meinte Franzi. »Kraken sind sehr wendig. Denen reicht ein ganz schmaler Spalt, um irgendwo durchzuschlüpfen.« Sie deutete zur Oberkante des Aquariums. Ein vielleicht fünf Zentimeter breiter Spalt befand sich zwischen ihr und der Decke. »Es reicht, wenn das Gitter oben auf seinem Becken nicht ganz fest aufsitzt. Dann kommt er locker da durch.«
»Aber ein Oktopus kann nicht laufen«, warf Marie ein. »Der muss im Wasser schwimmen.« Sie breitete die Arme aus und wies zu den Meeresschildkröten und wieder zurück zu dem Becken des Kraken. »Hier ist kein Wasser.«
Kim grinste schief. »Ich glaube, Tintenfische können eine Weile ohne Wasser auskommen. Jedenfalls habe ich am Samstag in dem Trailer, der an der Bühne lief, gesehen, wie ein Krake eine Krabbe auf dem Land gefangen hat. Er ist dabei sehr geschickt auf seinen acht Armen vorwärtsgerobbt.«
Marie blieb der Mund offen stehen. »Echt? Das wusste ich nicht.«

»Aber jetzt wird es Zeit, dass Karlo seinen Schatz wieder hergibt«, sagte Franzi bestimmt. Sie sah die Taucherin an. »Frau Funke? Können Sie die Kapsel bergen? Oder geht das mit Ihrer verletzten Hand nicht?«
Amelie Funke hatte bislang schweigend zugehört. Jetzt aber brach es aus ihr hervor. »Kim, dass du darauf gekommen bist, ist unglaublich. Ihr seid wirklich gut!« Sie betrachtete das Pflaster an ihrer Hand. »Ich glaube, es wird gehen.« Dann zögerte sie jedoch. »Ich weiß nur nicht, wie ich mit Karlo zurechtkomme. Er lässt niemanden an die Meerjungfrau ran. Wenn er seine Tinte verschießt, kann das sehr unangenehm werden. Man verliert dann leicht die Orientierung im Wasser.«
Franzi schnippte mit den Fingern. »Ich kann versuchen, ihn abzulenken.«
Die Taucherin nickte nachdenklich. »Gut, wir versuchen es. Ich hole meine Ausrüstung.«

Fünf Minuten später kam Amelie Funke mit einem Paar Flossen und einer Taucherbrille in den Händen zurück. Sie hatte sich ein Handtuch über die Schultern geworfen und trug einen Badeanzug und Shorts. Als sie die verwunderten Blicke der drei Mädchen sah, erklärte sie: »Ich lasse den Neoprenanzug und das Atemgerät besser weg. Die Ausrüstung erinnert Karlo nur an die Reinigungsaktionen, die er nicht mag. Und die achtzehn Grad Wassertemperatur halte ich für die kurze Zeit gut aus.«
»Das ist eine gute Idee«, meinte Franzi.
Amelie Funke schloss die Tür zum Pflegerbereich auf. Die

Detektivinnen schlüpften hinter ihr in den schmalen Gang, der zu dem Versorgungsraum hinter den Aquarien führte. Schummriges Licht empfing sie.
»Wir schalten die Oberlichter besser nicht ein«, sagte die Taucherin. »Um diese Uhrzeit sind die Tiere nur den Mondmodus gewöhnt.«
Vorsichtig tasteten sie sich bis zu der Metalltreppe vor, die in den oberen Bereich führte, und liefen auf dem Steg bis zu Karlos Becken vor. Plötzlich blieb Franzi stehen. »Seht euch das an!«
Kim konnte im letzten Moment anhalten und einen Zusammenstoß mit Franzi vermeiden.
»Was soll das?«, sagte sie, sah dann aber nach vorne und traute ihren Augen nicht. »Ich fasse es nicht«, entfuhr es ihr. »Dieser Schlingel!«
Schweigend beobachteten sie, wie sich ein Krakenarm, der ein Büschel Unterwasserpflanzen umschlungen hatte, zwischen den Gittern der Abdeckung hervorkringelte und sich in Richtung des danebenliegenden Aquariums schob. Zwei weitere Arme folgten, die ebenfalls auf das Nachbarbecken zielten. Sie umschlangen den Stutzen eines Abflussventils, der an dieser Stelle herausragte. Der Tentakel mit dem Pflanzenmaterial versenkte die Blätter in dem Rohr. Dann zogen sich alle drei Arme wieder zurück.
»Ist das jetzt wirklich wahr?«, rief Amelie Funke. Sie ließ beinahe Taucherbrille und Flossen fallen, so aufgeregt war sie auf einmal. »Mädels, sagt, dass ich nicht träume.«
Kim schüttelte den Kopf. »Ich glaube, jetzt wissen wir, wieso die Ventile in der letzten Zeit dauernd verstopft sind.«

»Karlo langweilt sich eben«, sagte Franzi.
Die Taucherin hielt sich am Geländer fest. »Er ist also der Täter.« Tränen schimmerten in ihren Augen. »Und ich habe gedacht, Kelver und Marts hätten das Ventil verstopft, damit das Wasser am Eröffnungstag überläuft und den Kurzschluss verursacht.« Sie schluckte schwer. »Damit das Licht ausfällt und ich im Hai-Becken in Schwierigkeiten gerate.«
»Das dachten wir ehrlich gesagt auch«, sagte Kim leise. Sie atmete auf. »Dann war alles bloß eine Verkettung unglücklicher Umstände. Kelver und Marts haben keinen Anschlag auf Sie verübt.«
Amelie Funke schloss für einen Moment die Augen. »Aber sie sind kriminell. Und sie müssen in dieser Spionageangelegenheit überführt werden. Ich schäme mich dafür, dass ich das nicht viel früher erkannt habe, sondern den dum-men Erpressungsversuch mitgemacht habe.« Entschlossen schlüpfte die Frau in die Taucherflossen und stülpte sich die Taucherbrille über den Kopf. »Franzi, lenkst du Karlo ab?«
Franzi nickte und lief zum Becken vor. Sie schob das Gitter weg und sah ins Wasser. »Er kommt gerade mit neuem Pflanzenmaterial hoch«, sagte sie, entfernte eilig die Silberreifen von ihrem Handgelenk und streckte die Hand ins Wasser. »Komm, Kleiner, ich helfe dir.«
Der Krake schoss an die Oberfläche und kringelte sich mit vier seiner Tentakel um Franzis Arm, mit den restlichen vieren tastete er nach dem Ventil des Nachbarbeckens. Franzi hob das Tier ein Stück aus dem Wasser und half ihm, die Blätter in dem Ventil zu versenken. Der Krake sah Franzi dabei intensiv aus seinen kleinen Augen an.

»Das ist bestimmt keine gute Erziehungsmaßnahme«, stellte Kim fest. »Aber wenigstens ist er abgelenkt.« Sie nahm einen Putzlappen, der am Geländer hing, und reichte ihn Franzi. »Vielleicht macht das Verstopfen damit noch mehr Spaß.«
»Gute Idee«, meinte Franzi und nahm den Lappen. »Wir dürfen nur nicht vergessen, das Zeug nachher wieder rauszuholen.«
Sie nickte Amelie Funke zu.
Die Taucherin stieg vorsichtig in das Aquarium ein.
Franzi schwenkte das Tuch neben dem Kraken durch das Wasser. Gespannt verfolgte sie dabei aus dem Augenwinkel, wie Amelie Funke sich in die Tiefe des Beckens sinken ließ.
Karlo erfasste den Lappen und zog sich wieder an Franzis Hand hoch. Sie führte ihren Arm langsam zu dem Ventil und der Krake versenkte das Tuch darin.
Kurze Zeit später tauchte Amelie Funke prustend wieder aus dem Wasser auf. Sie schob sich die Taucherbrille aus dem Gesicht und hielt die glänzende Kapsel hoch. »Ich habe sie!« Sie schwang ein Bein über den Rand des Aquariums und sah Franzi an. »Das hat ja gut geklappt.«
Kim und Marie halfen der Taucherin aus dem Becken heraus, während Franzi behutsam die Tentakel des Kraken von ihrem Arm löste. »So, mein Freund«, sagte sie leise. »Für heute haben wir genug gespielt.«
Karlo tastete noch ein paar Mal am Beckenrand entlang, dann schoss er pfeilschnell in die Tiefe hinab.
Amelie Funke reichte Kim die Kapsel. »Damit habt ihr den Beweis gegen Kelver und Marts.«

Kim nahm den Behälter an sich und wischte ihn an ihrem T-Shirt trocken. »Danke!«
Der Schraubverschluss der Kapsel war mehrfach mit Klebeband umwickelt.
»Simon wollte ganz sichergehen, dass kein Wasser eindringt«, sagte die Taucherin, während sie die Flossen auszog und nach dem Handtuch griff.
Kim suchte das Ende des Klebestreifens, fand es aber nicht. Daraufhin versuchte sie, die Kapsel mitsamt der Umwicklung aufzudrehen. Auch das gelang nicht. »Wir brauchen ein Messer«, murmelte Kim und lief vorsichtig zum Treppenabstieg. Die anderen folgten ihr.
Unten angekommen, musste sich Kim im Dämmerlicht kurz orientieren. Sie erkannte die Umrisse des Schreibtischs in der Arbeitsecke, tastete sich vor und knipste die Schreibtischlampe an.
In einem Stiftebehälter steckte eine Schere. Kim schnappte sie sich und begann vorsichtig, das Klebeband rund um die Kapsel einzuritzen. Dann drehte sie den Behälter auf. Eine Papierrolle glitt heraus. Kim fing sie auf und strich sie auf dem Schreibtisch glatt.
Die drei !!! nickten sich zufrieden zu.
Plötzlich spürte Kim einen Luftzug im Nacken. Im selben Moment schrie Amelie Funke auf und stürzte seitlich an ihr vorbei zu Boden. Bevor Kim auch nur einen klaren Gedanken fassen konnte, erhielt sie einen heftigen Stoß von der Seite, der sie mit Wucht gegen Marie und Franzi prallen ließ. Franzi konnte sich im letzten Moment an einem Regal festhalten, aber Kim und Marie fielen hin, wobei sich Kim

heftig das Knie stieß. Augenblicklich explodierten Lichtblitze vor ihren Augen, es rauschte in ihren Ohren und sie hörte wie durch Watte eine Männerstimme rufen: »Ich hab ihn!«
Kim hielt sich das Knie und versuchte zu erfassen, was gerade geschah. Marie stöhnte leise auf und rieb sich das Schienbein.
»Kelver und Marts haben sich den Vertrag geschnappt!«, schrie Franzi. »Sie müssen uns gefolgt sein und uns belauscht haben.«
»Aber wieso«, murmelte Kim fassungslos. »Woher wussten die, dass wir hier sind?«
Marie rappelte sich auf. »Sie hauen ab! Hinterher!«
Kim zog sich am Schreibtisch hoch und konnte gerade noch Kelver sehen, der durch die Tür nach draußen schlüpfte. Sie half Amelie Funke hoch, die benommen den Kopf schüttelte. Franzi rannte los und riss instinktiv im Vorbeilaufen ein Fangnetz aus dem Regal. Marie folgte ihr und schnappte sich ebenfalls einen der Kescher.
Kim raste ihren Freundinnen hinterher, so schnell es ihr mit dem schmerzenden Knie möglich war. Sie konnte erkennen, dass Marie in dem Durchgang zum Hai-Aquarium verschwand. Sie folgte ihr. Als sie den Saal erreicht hatte, war jedoch niemand mehr zu sehen. Kim blieb keuchend stehen und blickte sich um. Sie entdeckte die offen stehende Tür eines Notausgangs, eilte darauf zu und stürzte hinaus. Draußen sah sie, dass Kelver und Marts über ein Rasenstück in Richtung des Parkplatzes von *AquaMagic* rannten. Franzi und Marie waren ihnen dicht auf den Fersen. Kim sprintete hinterher.

Nervös beobachtete sie, wie Franzi im Laufen ihren Kescher hob und auf Kelvers Kopf zielte. Sie senkte die Stange mit dem Fangnetz ab, verfehlte ihr Ziel aber um wenige Zentimeter. Der Kescher prallte an Kelvers Schulter ab. Der Schlag irritierte den Mann, für einen Sekundenbruchteil blickte er zur Seite, geriet dabei ins Straucheln und konnte sich nicht mehr fangen. Er stolperte mit voller Wucht in die Laufbahn von Marts. Die Männer prallten heftig an den Schultern und den Köpfen zusammen, schrien auf und gingen zu Boden. Ihr Schwung war so heftig, dass sie sich noch mehrmals ineinander verkeilt im Gras überschlugen, bevor sie benommen liegen blieben.

»Schnell! Wir müssen sie fesseln«, zischte Marie und zerrte sich, während sie bereits zu den Männern lief, blitzschnell ihren Schal vom Hals.

Franzi und Kim wickelten sich ebenfalls hastig ihre Halstücher ab.

Kim bückte sich gerade zu Kelver hinunter, als sie von einem grellen Licht geblendet wurde. Erschrocken fuhr sie hoch. Eine laute Stimme rief: »Hier ist die Polizei!«

Kim atmete erleichtert auf.

»Kim Jülich, Franziska Winkler und Marie Grevenbroich! Was habt ihr euch jetzt schon wieder gedacht?!«

»Kommissar Peters«, rief Franzi und sprang auf. »Sie kommen genau zum richtigen Zeitpunkt!«

Der Kommissar näherte sich mit vier Polizisten an seiner Seite.

Kelver und Marts hoben mühsam die Köpfe und sahen die Männer aus glasigen Augen an.

Peters schnaubte: »Kim, wann lernt ihr eigentlich, in Notsituationen die 110 zu wählen und nicht auf meinem Handy anzurufen! Ich war im Theater und habe deine Nachricht erst vor einer Viertelstunde abgehört. Euch hätte sonst was passieren können!«
»Aber wir …«, setzte Kim an, verstummte jedoch, als sie den strengen Blick des Kommissars sah. Es hatte jetzt keinen Sinn, zu diskutieren. Das sagte ihr ihre Erfahrung.
Der Kommissar warf einen Blick auf die Männer, die sich mit schmerzverzerrten Gesichtern die Köpfe hielten, und räusperte sich. »Lassen wir das fürs Erste. Klärt mich bitte lieber darüber auf, was das hier soll!«
Kim nickte Franzi und Marie zu. »Könnt ihr das übernehmen? Ich muss dringend telefonieren.«
Unter den irritierten Blicken ihrer Freundinnen zog Kim ihr Handy heraus und entfernte sich ein Stück von der Gruppe. Mit klopfendem Herzen rief sie Davids Nummer auf.

Der Kuss der Meerjungfrau

Detektivtagebuch von Kim Jülich
Samstag, 10:00 Uhr
Jetzt ist schon über eine Woche vergangen, seitdem wir die Besitzer von AquaMagic *überführt haben. Bislang bin ich einfach nicht dazu gekommen, die Details aufzuschreiben, es war einfach zu viel los ... ☺ ...*
Ich habe von Anfang an gespürt, dass bei AquaMagic *etwas nicht stimmt. Aber dass wir zwei Kriminelle erwischen, die sich ein oberfieses System zum Ausspähen und Verkaufen von privaten Daten ausgedacht haben, das hatte ich nicht erwartet! Auch Kommissar Peters war beeindruckt. Er meinte, dass es sich eben immer lohnt, aufmerksam zu sein und an Dingen, die einem merkwürdig vorkommen, dranzubleiben. Trotzdem hat er uns eine heftige Standpauke gehalten, weil wir uns angeblich mal wieder völlig unnötig in Gefahr gebracht hätten. Na ja, es ist eben jedes Mal dasselbe ...*
Das Einzige, was mich wirklich wurmt, ist, dass Kelver und Marts uns entdeckt und überrumpelt haben. Und zwar nur, weil ich an eine wichtige Sache nicht mehr gedacht habe: Im Café von AquaMagic *hängen Monitore, auf die Live-Bilder aus den Sälen und von den Aquarien übertragen werden. Die Männer haben uns also zufällig auf einem der Bildschirme gesehen, als wir mit Amelie vor dem Becken von Karlo standen. Wenn ich an die Live-Übertragung gedacht hätte, wären wir natürlich viel vorsichtiger gewesen und hätten das Sichtfeld der Kameras gemieden ... das war echt blöd von mir!!*

Jan Kelver und Hanns Marts sitzen in Untersuchungshaft. Sie schweigen beharrlich zu allen Vorwürfen. Das ist so dreist! Kommissar Peters meinte aber, dass der Vertrag, den sie mit dieser Werbefirma gemacht haben, ganz klar ihre Absicht zu einer kriminellen Tat beweist und sie alleine schon deswegen bestraft werden.
Besonders dreist finde ich ja: Kelver und Marts hatten ihr Spionagegeschäft schon lange geplant und die Plüschfiguren bei einem großen Spielzeughersteller eingekauft. Dann kam das plötzliche Verkaufsverbot in Deutschland. Daraufhin haben sie die Verpackungen einfach entfernt, damit niemand merkt, dass es sich um smartes Spielzeug mit den entsprechenden Funktionen handelt, und haben ihren Plan direkt weiter durchgezogen.
Mir fehlen echt die Worte!
Die Polizei ermittelt jetzt zusammen mit Computer- und Netzspezialisten. Es gab einen Aufruf in der Öffentlichkeit, mit dem die Leute gebeten wurden, sich zu melden, wenn sie einen Plüschkraken im Shop von AquaMagic *gekauft haben. Fachleute werden dann prüfen, ob mit den Figuren bereits Bild- und Tondaten aufgenommen und verschickt worden sind. Als letzter Beweis muss dann der Netzwerkrechner gefunden werden, auf dem die Daten gespeichert sind. Ohne Aussage von Kelver und Marts wird das sehr schwierig. Ich hoffe, dass Kommissar Peters und seine Leute die Typen so richtig in die Zange nehmen, damit sie bald reden!!!*
Kelver und Marts sind wirklich die allerletzten Typen! Ich hätte ihnen auch zugetraut, dass sie die Geschichte um Karlo frei erfunden haben und ihn in Wirklichkeit haben jagen und fangen lassen. Aber Dr. Steiner, die Geschäftsführerin von

AquaMagic, *hat uns Unterlagen gezeigt, aus denen eindeutig hervorgeht, dass der kleine Krake verletzt war und von Fischern zu* AquaMagic *gebracht wurde. Wenigstens das.*
Dr. Steiner führt das Schauaquarium jetzt übrigens erst mal alleine, so lange, bis klar ist, was mit Kelver und Marts geschieht. Eigentlich wollte sie sofort kündigen, weil sie total entsetzt über die Machenschaften ihrer Chefs war. Aber dann hat sie es sich doch anders überlegt. Sie will im AquaMagic *die Stellung halten, bis alles geklärt ist. Der städtische Zoo hat schon angeboten, das Schauaquarium zu übernehmen, falls Kelver und Marts es verkaufen müssen. Die Idee dazu hatte übrigens der ehemalige Assistent und jetzige Leiter der Aquaristik-Abteilung im Zoo, Manuel Hauser. Der Mann stand ja auch auf unserer Liste der Verdächtigen. Allerdings hat er überhaupt nichts mit den Vorkommnissen zu tun. Er war aus reinem Interesse bei der Eröffnungsparty von* AquaMagic*!*
Die drei Taucher werden natürlich auch ihre Strafe bekommen. Sie müssen sich wegen Erpressung und Verhinderung der Aufklärung eines Verbrechens verantworten. Für Amelie Funke wird es sich zumindest positiv auswirken, dass sie uns alles erzählt und bei der Bergung der Kapsel geholfen hat. Ein bisschen tut sie mir leid. Und dann auch wieder nicht. Sie hätte Stärke zeigen und sofort zur Polizei gehen müssen, nachdem Simon den Vertrag gefunden hat.

Dieser Fall hat mich ganz schön aufgerüttelt. Ich werde mich mit diesem Spionage-Thema weiter beschäftigen. Bente sagte, dass es in nahezu allen Smartphones, Notebooks oder smarten TV-Geräten so viele Sicherheitslücken gibt, dass sie jederzeit über das Internet ausgespäht und die Daten missbraucht werden können. Wie krass! Wir holen uns freiwillig den Spion zu uns nach Hause …

Geheimes Tagebuch von Kim Jülich
Samstag, 11:35 Uhr
Es ist mir vollkommen egal, ob jemand mitliest. Die ganze Welt darf es wissen:
Ich bin soooooooooooooooooooooo glücklich, glücklich, glücklich!!! ♥♥♥♥♥♥♥♥♥♥♥. *Mehr sage ich nicht, hab keine Zeit: Ich treffe mich jetzt mit Franzi und Marie bei David und danach geht's zum Unterwasser-Shooting!!!*

Franzi trat an den großen Tisch in Frau Lindemanns Atelier und betrachtete lächelnd die Konstruktion, die darauf stand: Ein durchsichtiger Plastikkasten, an dem mehrere meterlange, ineinander verschlungene und sich verzweigende Röhren hingen.
»Das sieht super aus.«
Kim nickte. »Wir haben auch ganz schön tüfteln müssen. Karlo soll durch das Röhrenlabyrinth schwimmen, um an das Futter im Kasten ranzukommen. Wenn er richtig schlau ist, entdeckt er innen den Riegel und verschiebt ihn. Dann öffnet sich die Seitenklappe und er kommt ganz bequem wieder raus und muss nicht mehr durch das Labyrinth zurückfinden.«
»Damit macht ihr bestimmt den ersten Platz«, sagte Marie.
»Das hoffe ich«, rief Kim. Sie schmiegte sich an David. »Wir haben immerhin die ganze letzte Woche daran gebastelt.«

Marie schmunzelte. »Gib's zu: Ihr habt nur so lange gebraucht, weil ihr euch dauernd geküsst habt!«
»Ja!«, rief Franzi. »Ungefähr so: Schatz? Gibst du mir mal den Schraubendreher? Danke! SCHMATZ. Ich bräuchte noch etwas Klebeband. SCHMATZ. Danke! SCHMATZ. Und jetzt noch, ach egal … SCHMATZ, SCHMATZ, SCHMATZ …«
»Hör auf!« Kim lachte und stürzte sich auf Franzi, um sie durchzukitzeln.
Franzi wich geschickt aus, krabbelte unter dem Tisch auf die andere Seite und hob die Hände. »Gnade, bitte!« Sie lächelte Kim an. »Ganz im Ernst: Ich freue mich so, dass ihr dieses blöde Missverständnis geklärt habt.«
Kim seufzte. »Ich weiß auch nicht, warum ich so überzogen reagiert habe.« Sie spürte, dass sie ein kleines bisschen rot anlief. »Aber ich war einfach durcheinander und aufgewühlt. Ich hatte David gerade erst mein Geständnis gemacht, und dann haben wir uns auch schon geküsst. Das war alles so aufregend, mein Gehirn hat gar nicht mehr richtig funktioniert. Und dann waren da plötzlich diese Fotos … Ach, ich weiß auch nicht.« Sie lief zu David und legte den Arm um seine Hüfte. »Es ist mir echt peinlich. Wenn ich gleich mit dir geredet hätte, hätte ich uns das alles erspart.«
David fuhr sich durchs Haar und legte seinen Arm um Kim. »Das war schon heftig. Da bekommst du gerade den ersten richtigen Kuss deines Lebens von deiner absoluten Traumfrau und siehst alles nur noch in Rosa – und dann haut sie einfach ab und will nicht mehr mit dir sprechen.« David seufzte. »Ich hab die Welt nicht mehr verstanden!« Er zog

Kim dicht zu sich heran. »Aber das ist jetzt zum Glück vorbei.«
»Ich bin so froh!« Kim gab David einen Kuss auf die Wange. »Ich will gar nicht daran denken, wie alles weitergegangen wäre, wenn ich nicht zufällig die Aufklärungsbroschüren entdeckt hätte.«
»Das war schon echt der Knüller«, sagte Franzi und schüttelte den Kopf.
Marie warf ihre Haare zurück. »Braucht deine Mutter vielleicht noch mehr Fotomodelle, David? Ich könnte mir das auch vorstellen!«
David lachte. »Ich glaube, sie würde sich freuen. Aber ich warne dich: Sie kann nicht besonders viel zahlen. Deshalb müssen ja meistens meine Geschwister und ich oder die Kinder von ihren Freundinnen herhalten.«
Marie winkte ab. »Auf das Geld kommt es mir nicht an. Mir macht es einfach Spaß, in andere Rollen zu schlüpfen und vor der Kamera zu stehen.«
»Das klingt gut.« David grinste. »Das nächste Shooting läuft im Auftrag eines Kettensägenherstellers. Da nimmt meine Mutter Timo und mich. Aber die Woche drauf braucht sie noch jemanden für einen Verlagskatalog.«
Marie nickte. »Ich wäre dabei!«
»Super, ich sage ihr Bescheid!« David sah auf seine Armbanduhr. »Aber jetzt gibt's erst mal das Unterwasser-Shooting bei *AquaMagic*!«
»Richtig«, rief Franzi und sah ebenfalls auf die Uhr. »Wir müssen los. Blake und Holger warten bestimmt schon auf uns!«

Dr. Steiner empfing die drei Mädchen und drei Jungen persönlich im Foyer und begleitete sie in den kleinen Saal mit dem Becken für die Unterwasseraufnahmen. Das frei stehende, bestimmt fünf Meter breite und drei Meter tiefe Aquarium war wunderschön dekoriert: Eine bunte Korallenkulisse zierte den Hintergrund, dichte grüne Wasserpflanzen wogten an den Seiten, und Schwärme von kleinen, silbrig glänzenden Fischen zogen ihre Bahnen durch das türkisblau leuchtende Wasser. Ein breiter Steg war über dem Becken installiert und eine schmale Leiter führte seitlich ins Wasser. Es gab sogar eine Konstruktion, mit der Blake später nach oben gehoben und leicht ins Wasser gelangen würde.
Vor dem Becken stand ein Stativ mit einer großen Profikamera. Daneben befand sich ein Schrankkoffer, in dem glitzernde Nixenschwänze und bunte Taucherflossen und Masken hingen.
Die drei !!! nickten sich begeistert zu.
Die Geschäftsführerin sah ziemlich blass aus, lächelte aber offen und freundlich in die Runde. »Ich freue mich, dass ihr da seid, und wünsche euch jede Menge Spaß beim Nixen- und Neptun-Shooting! Die Fotografin und die beiden Assistenten kommen gleich. Bis dahin könnt ihr euch umziehen und schon mal ein bisschen einschwimmen, wenn ihr wollt.« Sie deutete zu zwei Türen. »Dahinter sind die Umkleiden. Sucht euch einfach die Nixenschwänze und Flossen aus, die euch gefallen – und dann rein mit euch!«
Das ließen sich die drei !!!, David, Holger und Blake kein zweites Mal sagen.
Zwanzig Minuten später glitt Kim neben David durch das

Wasser und fühlte sich so glücklich und frei wie schon lange nicht mehr. Marie winkte ihr zu und tauchte mit Holger zusammen ab. Ihr schillernder Nixenschwanz beschrieb einen eleganten Bogen an der Wasseroberfläche, bevor er in der Tiefe verschwand.

David fasste Kims Hand und fragte: »Bist du bereit?«

Kim nickte. Sie holten tief Luft und schwebten gemeinsam in die Tiefe. Kim öffnete die Augen einen Spaltbreit und sah in Davids Gesicht. Auch er hatte die Augen leicht geöffnet und zog sie näher und näher zu sich heran. Ihre Lippen trafen sich zu einem langen Kuss.

Als sie eine gefühlte Ewigkeit später prustend wieder auftauchten, hörte Kim eine Stimme außerhalb des Beckens rufen: »Ihr seid ja alle echte Naturtalente! Das werden Spitzenbilder.«

Überrascht stellte Kim fest, dass die Fotografin schon eine ganze Weile da sein musste und bereits Bilder machte.

Die Frau winkte ihr zu. »Ich glaube, das war der schönste Kuss einer Meerjungfrau, den die Welt je gesehen hat!«

Franzi tauchte mit Blake neben ihnen auf. Sie ließ ihren Nixenschwanz über die Wasseroberfläche klatschen, sodass ein glitzernder Tropfenschauer auf sie niederprasselte, und lächelte Kim an. »Glücklich?«

»Unendlich glücklich!«, flüsterte Kim.

Sie schmiegte sich an David, der sie sanft in seine Arme nahm, und schloss die Augen. Diesen Moment würde sie ihr Leben lang nicht vergessen. Sie hatte die besten Freundinnen der Welt, und jetzt gab es auch noch David an ihrer Seite, den wunderbarsten Jungen der Welt!